모르포나비

조 원 연작소설

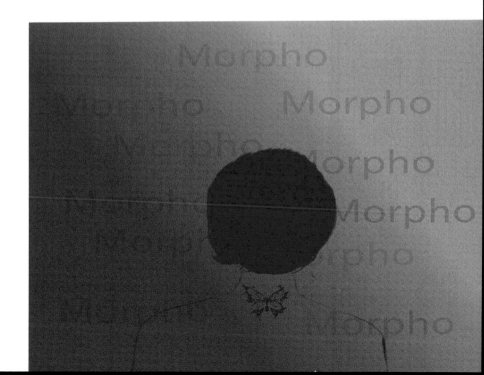

모르포나비

조원

거울 속에서는 지극히 괴물스러워 보이는 여인이 있었다. 크지도 작지도 않은 동공은 열려있었지만 비어있는 듯하였다. 다행히 눈 흰자위에 아주 가는 망사무늬의 핏줄기가 퍼져있어서 다소 헛것이 아님을 말해주었다. 진실이라고 믿고 싶어하면서도 진실이길 두려워 반투명의 커튼 뒤에서 망설이는 여인이었다. 얼굴을 덮은 머리카락에 손가락을 넣어 머리 위로 빗어올리면서 그녀는 고개를 틀었다. 그 찰나의 순간, 그녀는 거울에서 눈이 없는 어떤 여인의 옆얼굴을 보고야 말았다.

모딜리아나의 여인.

외롭게 목이 긴 여인.

블랙 블랙 블랙아웃 중에서

목차

1.나비야 나비야 모르포나비야

나분,

그녀의 이름은 그녀답지 못하다. "나분나분"의 어학사전의 뜻에 따르면 "경솔하게 혀를 나불거리는 모양을 나타내는 말"이다. 나분은 이름처럼 혀를 나불거리기는커녕 수줍은 듯, 청초한 듯하면서도 말수 적은 조숙한 소녀였다. 굳이 소녀라 함은 내 기억 속의 나분은 언제든 소녀였으니까.

지금 그때의 생각을 다시 정리해 본다면, 내가 생각했던 소녀는 단지 나이가 어린 여자가 아니었다. 꿈에서도 차마 그 얼굴을 정면으로 보기가 두려울 정도로 미완의 불안정한 형태를 가진, 쳐다보는 것만으로도 상처를 줄 것만 같이 섬세함이 있는 그런 소녀말이다.

어릴 때 나는 방학이 되길 속 끓이면서 기다렸던 것도 12킬로 떨어진 외할머니 집이 있는 시골동네로 갈 수 있었기 때문이다. 외할머니도 이쁜 외숙모도 아닌, 먼 발치에서 나분이라는 소녀의 종아리를 훔쳐보는 것만으로도 방학이라는 시간에 감사하게 생각했다. 외할머니집으로 내려갈 때마다 나분에게 줄 선물도 책가방 깊숙한데 숨겼다가는 끝내는 건네지 못한 채, 돌아오는 길의 서걱대는 갈대밭에 숨겨두군 하였다. 그러면서 정말, 혹시나, 우연하게, 그 리본을 줍고나서 환한 희열로 솟구친 나분의 얼굴을 환영으로 보는 것만으로도 가슴이 두근두근. 그 뒤로는 책에서 두근두근이라는 낱말만 나와도 귓볼이 달아오르고 등뼈가 깊숙이 뻗어간 그곳도 후끈거렸다.

내 소년의 성장기에 두근두근의 상대였던 소녀가 타임머신이라도 타고 먼 미래의 다른 별에 갔다 되돌아오기라도 하듯, 대학생 아들과 함께 두툼한 일기장 여섯권으로 나를 찾아왔다.

환희에게 나분이는? 네 엄마는? 호칭 둘 중의 하나를 고르려다가 그것마저 어색해서 호칭을 생략하고 어디서 사시냐고 물었다. 환희가 빤히 나를 쳐다봤다. 적의는 없었다. 환희의 새벽 이슬을 머금고 있는 노루의 눈망울 속에 흔들리는 내 눈빛이 비쳤다. 어쩌면 나는 그때 이미 환희에게 미안해지려고 했다. 어디서 뭘 하고 있는지 알고 있는 것처럼 잘 계시지? 하고 물어볼걸 그랬다. 그런데 어쩌면 지금 아기들에게도 찾아볼 수 없는 깊고도 맑은 한여름의 우물 속같은 눈망울을 환희가 갖고 있는 거지. 소설 속의 인물들에게 환희와 같은 눈망울을 그려주고 싶어도 뻔한 거짓말 같아서 감히 써내지 못했는데 이젠 자신이 있을 듯싶었다.

지금 소설 쓰고 계세요? 환희가 눈망울을 슴벅이면서 물었다. 냉소가 섞일 듯 말 듯, 진정이 묻어날 듯 말 듯한 환희의 억양에 나는 뭐? 소설? 더듬대며 휘청이었다. 나는 환희의 상대가 되지 않았다. 벌써 환희의 눈망울에 주눅이 든 상태였으니까.

우리 나분 여사께서 아저씨께 전해드리라 했습니다. 일기장이죠. 환희는 선물용 리본띠로 한뼘정도 두께로 졸라맨 노트묶음을 건넸다. 내 찻잔 옆으로 밀려온 노트묶음은 호기심을 유발할 수 있는 일기장같지 않았다. 이쁜 보자기에 싸여있는 것도 아니고 자그마한 자물쇠 달린 정교한 박스에 포장되어 있는 것도 아니였으니까. 중고서점에서 무더기로 쓸어온 실용서적 같기도 하였다.

일.기.장.이죠.

역점을 찍으면서 또박대는 환희의 끝말은 일기장의 내용은 이미 독파했다고 선언하고 있었다.

한사람의 일기장, 한사람도 아닌 두 사람의 손을 거쳤으니 일기라 할 수 없겠죠.

어찌 처리하든 아저씨 마음입니다.

주인이 떠나보낸 노트에 관해 주인도 왈가왈부할 수도 없겠구요.

소설가의 소설도 작가의 손끝에서 빠져나가는 순간, 작가의 몫은 없다고 봅니다.

환희는 일기장의 처리 여부까지 잘라 말하고는 환하게 웃으면서 작별인사를 하고 떠났다.

굳이 배웅해줄 필요가 없다면서 타인과 완벽한 거리를 지키려 하는 환희를 나는 속수무책으로 2층 까페의 창으로 내려다보았다. 다행이 나무잎사귀들이 무성해진 한여름이 아닌, 뾰족뾰족 새싹들이 송곳처럼 가지에서 솟아나는 이른 봄이라 길 건너에서 택시 속으로 빨려드는 환희의 미색 코드 자락을 볼 수 있었다. 그렇게 환희는 내 앞에서 사라졌다.

나분의 지금껏 살아온 경력들을 왕창 떼어다가 내 유년의 삶을 한 줌 떨궈놓고 사라졌다.

연애경험이 있는 사람들치고 상대에게 아련한 첫사랑 얘기를 부담없이, 아니 신나게 해본 사람들이 없지 않을 것이다. 10대를 거쳐 20대가 막 끝나가는 사이, 연애했던 세 여자에게 폼 폼 폼 하면서 나분에게 향했던 유년의 나를 되풀이 해서 얘기해주면 하나같이 재밌다면서 더 가까이 다가서는 듯하였다. 연애에서 믿음으로 다가가는 첫걸음이 첫사랑 이야기라는 것을. 그러면서 은근히 자신의 정감세계를 열어보이는 것이기도 하고. 이미 내 여자로 된 아내와 영화관에서 멜로영화를 보다가 나분이 생각났지? 하면서 내 옆구리를 찔러댈 만큼 나분은 나와 아내가 공유하고 있는 유쾌한 존재였다.

까페의 창틀은 보기드물게 쇠로 되어서 견고하고도 차거웠다. 통유리를 거부하고 두가닥의 쇠가름대를 넣은 유리창을 거쳐 들어오는 봄빛도 시렸다. 창문의 쇠가름대가 던진 네모난 음영속에 환희가 두고간 노트와 환희가 마시다 남긴 커피가 들어있는 머그잔을 나는 보고 있었다. 노트들은 크기도 색상도 표지들의 재질도 제가끔이라 시간과 공간이 달라지면서 주인의 취향이나 메시지들도 바뀌어 갔었다는 것을 표명하고 있었다. 서로 다른 존재들을 섞어서 또 하나의 새로운 존재를 탄생시키려는 듯 빨강 리본은 노트들을 단단히 묶어주었다. 리본의 매듭 주위에 부채살처럼 퍼진 주름들도 촘촘하게 일정한 간격으로 날이 서있었다. 나는 선뜻 빨강 리본 매듭을 풀어헤치지 못했다. 매듭을 따라 이어진 그 끈을 잡아당기는 순간, 내게는 어마어마한, 다시는 돌이킬 수 없는 중대사가 일어날 것만 같았다. 바람이 미약해지면 서서히 내려앉는 연을 연줄을 당겨서 더 멀리 더 높게 날리게 하듯 빨강 리본의 한끝을 당기면 소녀 나분은 내게서 멀어져 갈거라는 예측도. 솔직히 지난 세월의 기록들을 뻔뻔스럽게 맞설 용기도 없었다. 그래서 환희 말마따나 일기장이 아닌 노트묶음이 내 서재의 서랍속에 내밀한 내 일기장 마냥 한동안 봉인된 채 있었다.

11

&

　노트묶음의 빨강 리본 매듭을 풀어헤치기까지는 나무들이 연두빛의 연한 잎을 내밀고 나서였다.

　서재의 스탠드 조명을 한껏 어둡게 해놓고 맥주 한입 땅콩 한 알, 땅콩 두 알 맥주 두 입. 맥주 세입 땅콩 세 알… 셈하면서 먹고 마시고 하다가 셈하기를 잊어버렸네 하면서 서랍을 열고 리본을 당겼다. 생각보다 쉽게 풀렸다. 노트들은 내 집, 내 서재, 내 서랍에 있으면서 그동안 가벼워진 듯하였다. 여섯 권의 노트들에게는 모두 제목들이 적혀있었다. "나무들의 속삭임", "웃는 얼굴들", "물의 노래", "너에게로 가는길", "불꽃처럼", "나비의 춤사위"였다. 필체와 볼펜의 색상을 봐서는 썩 후에 하나하나 총결론으로 제목을 덧붙인것 같았다. 일기장이라지만 날자가 없었다. 날자를 배제해버린 일기라면 기억에서 쫓아내고 싶거나, 멀리하고 싶지만 가슴속에 남아있는 응어리를 풀어야만 했기에 일기형식으로나마 적어야 했을 날들, 너무 아름다운 날들이어서 굳이 날자를 밝힐 필요가 없는 날들이었으리라. 어쩌면 먼 훗날에 독자가 읽게 될 글이 될거라는 예

12

감으로 남겼을 수도 있으리라. 독자의 취향대로 날자와 상관없이 아무 페이지나 넘길 수 있는 배려도 있었으리라. 나는 맨 마지막 장절로 생각되는 "나비의 춤사위"를 펼쳤다.

&

너무 오랜만이다. 펜으로 글을 쓴다는 것. 펜으로 남긴다는 건, 바위를 오랜 세월 어루쓸고 지난 바람의 흔적처럼 있는 듯 없는 듯, 그러나 숨죽이고 있는 나직한 웨침이겠지. 노트북에 타자를 해놓고 저장을 해둔대도 그것은 내 것이 아닌 것을. 언제든 삭제가 가능하고 언제든 쥐도 새도 모르게 사라져버릴 수 있으니까. 펜으로 쓴 글자마다에 내 숨결이 묻어있고 그때 그때의 정서가 보일 수 있으니까. 다시는 펜으로 글을 남기지 않는다고 고집했지만 지금은 꼭 남겨야 될 필요성을 느낀다. 꼭 남겨야만 한다. 내 펜 끝으로 무수히 많은 사건들이 벌어졌음에야. 나도 모를 일이었지. 나에 대한 두려움이나 불안, 초조, 회한, 타인에게로 향한 분노, 적의, 질투들을 정말 숨김없이 써버리면 언젠가는 그것이 현실이 되어버리는 것을.

밖에는 제법 눈이 내리고 있네. 그러니까 눈이 내리기 시작한 건 환희가 알바를 하고 귀가할 무렵이었지.

눈이 내려요, 엄마.

도어락 버튼을 누르고 현관에 들어서면서 환희가 환호를 했었지.

환희의 검정 코드의 어깨 위엔 눈이 이슬이 되어 녹아있었지. 알바로 무거워진 어깨에 눈마저 쌓여진다면 환희는 허리가 휘어지겠지. 어깨 위에서 대롱대는 물방울을 손가락으로 튕겨주고는 주방으로 향했지. 밤참이라야 라면, 떡볶이, 오뎅, 계란찜 따위의 간편음식으로 식단이 짜여진다.

환희의 배려. 오늘은 나분표 계란찜~ 퇴근길 환희가 보내온 카톡 메시지에 따라 샤워하러 들어간 뒤 계란 두 알을 깼다. 길쭉한 대나무저가락으로 순시침 방향으로 거품이 일때까지 저은 다음, 생수를 계란 양 만큼 넣고 거기에 맛소금으로 간을 맞추고, 다시 젓가락으로 다섯번 휘젓고 송송 썰어놓은 파를 얹고 거기에 식용유 한방울로 마무리. 그 사이에 찜통에서는 김이 새어나오고 준비된 계란 그릇을 찜통에 넣고 삼분만 김 올리면 끝. 오분이면 완성된다.

엄마, 엄마의 홍시 낼 아침이면 참 보기좋겠다. 그치?

샤워를 하고 팬티 차림으로 거실로 나오면서 환희가 환성을 질렀지.

물먹은 뒤의 사내녀석의 몸은 탄력과 공격성을 여유있게 뿜내고 있었지. 옷 걸치는 절차도 생략하고 뻔뻔스럽게 밥상에 마주앉았지. 냉면그릇에 밥을 엎어넣고 계란찜을 비벼서 한 숟가락 수북하게 떠서 배추김치 없고는 맛있는 듯 먹어주는 환희였지. 매듭들이 잘 맞물렸을 척추뼈 양켠으로 균형을 이루면서 완만하게 펴져있는 근육질, 어떤 계집일지는 몰라도 저런 녀석 만난다는 건 로또 당첨이야 그때 그런 생각을 했었지.

그래, 나의 펜끝으로 살아나는 글들은 이젠 환희를 위한거야. 내일 아침 정원의 눈가지에 매달려 있는 까치밥 홍시처럼 싱그러운 속살의 향기를 눈 속 세상에 방자하게 휘날리면서 환희는 타오를거야.

15

불꽃처럼. 불꽃심에는 평화가 존재하지. 평화 속에서 비로소 불꽃은 자신의 형태를 지키면서 수직성의 운명을 향해 똑바로 내닫는거지. 내 카톡에 정원의 눈 속 홍시의 사진을 배경으로 깔았을 때, 역시 울 엄마야, 훨훨 타오르소서~ 나분 여사님. 수업중에도 센스 있는 카톡 메시지를 보내줄 아는 내 아들 환희야, 눈 속의 홍시처럼 또렷한 빛을 발하거라.

오래전 내가 적어온 것들은 어둡고 침침하고 분열과 파괴로 자기 인생을 농간하기로 작정한 창녀의 주절거림이었지. 이젠 아름다움으로 채워갈 것이다.

창녀가 수녀 되면 천사다운 수녀가 된다고 했던가. 물론 천사까지는 언감생심이고. 나의 오만과 오만에 따르지 못한 불평은 나비의 날개짓처럼 폭풍우를 몰아왔지.

오만이란 자신에 대한 사랑 때문에 자신을 정당한 것 이상으로 느끼는 것이라고 스피노자가 말하지 않았던가.

나의 오만은 타자들이 보내준 것이리라. 시골이었음에도 불구하고 부유한 가족이었으며 천성으로 내리 받은 엄마의 미모와 아빠의 지능으로 똘똘 뭉친 나였기에 시골동네의 자랑이었고 가족의 영광이었지. 내가 가진 것으로는 뭐든지 할 수 있다는, 전지전능하다는 자신감은 오만을 싹트게 하는 법, 그래서 오만은 항상 비극으로 끝나기 마련이지.

&

타자의 블로그에서 원문을 뒤로하고 댓글을 먼저 훑어보게 되는 요즘 독법대로 나분의 일기장을 읽어버린 느낌이랄가. 대체 무슨 일들이 일어났던건가, 나비효과는 무엇이고 파멸은 또 뭔데? 내용으로 봐서는 최근에, 아니 그러니까 소녀 나분이 아닌 환희의 엄마라는 여자가 적은 것인데. 나분에게 신통방통의 신비한 주술적인 힘이 있었다는 건가, 나는 노트장을 덮었다.

물컹물컹 터져버린 홍시의 속살을 발라 놓은 듯한 강렬한 색상의 "나비의 춤사위" 노트 가위는 희미한 스탠드 불빛 아래에서 커다란 나방이 되어 날개를 퍼덕이고 있는듯 하였다.

맥주 한 캔을 땄다. 꿀럭꿀럭 마셨다. 타들어가는 목구멍의 갈증은 여전하다. 창을 통해 들어오는 달빛은 책꽂이에 꽂힌 책들 위에서 물결을 이루며 일렁이었고 따뜻한 먼지 냄새가 사방에서 피어올랐다. 나는 장절 1로 생각되는 "나무들의 속삭임" 노트의 오른쪽 사각 귀퉁이에 콧끝을 갖다댔다. 서점에 가서 책을 고를 때 늘 하는 습관처럼. 나무의 냄새는 없었다. 미세한 먼지냄새와 고서가 품고 있는 경이로운 곰팡이 냄새가 났다. 표지를 펼쳤다. 좀먹어가는 과거의 기록들은 다시 생생히 살아나서 펄떡펄떡 뛰는 생선의 아릿한 비린내와 함께 불어왔다.

소녀는 일상을 적어가고 있었다. 아빠께서 주신 책선물을 받고는 설레었다는 이야기, 교내 공연에서 인어공주의 역할을 맡았던 일, 하얀 운동화가 지나가는 수레바퀴가 튕겨낸 흙탕물에 더럽혀져 속상해하던 일, 희경이라는 여자애를 따라 달래 캐러 나갔던 아름다운 봄날들, 자동연필을 처음 접하고 신기했던 일, 처음으로 연필이 아닌 만년필로 글쓰기를 하게 되면서 어른 학생이 되었다는 이야기, 희경이와 엄마의 립스틱 몰래 훔쳐 입술에 발랐던 날들… 평범한 소녀의 속닥속닥 속삭임은 곧고 바르게 씌여진 필체를 타고 펼쳐졌다. 조금은 지루해질 것 같았다. 아마 일기를 적기 시작한 것은 4학년 첫학기 9월부터라고 짐작이 된다. 만년필과 자동연필의 대목들을 보게 되면. 희경이라는 계집애와 친한 사이였던가 보다.

&

소녀 나분의 일기 세편.

소녀는 보던 책을 동그란 밥상에 엎고 주위를 둘러본다. 나른한 오후다. 아빠와 엄마가 동네 마실을 가신 고요한 오후다. 앞뜰에서 소란스럽던 거위도 더위에 지쳤는지 잠잠하다. 열려진 창문으로 들어오는 햇빛이 노란 구들장판에서 뛰논다. 뒤뜰로 향한 뙤창으로는 이끼 냄새와 소똥 냄새가 바람에 실려온다. 소녀는 책 속의 첫 구절을 가만가만 소리내어 읽는다. 섣달 그믐날이었습니다… 거위들의 소란스러움과 함께 희경이 달려들어오면서 이 모든 정적은 깨지고 소녀의 평화로웠던 날들도 깨져버린 날이다. 방앗간 할머니집에 시내사람이 차 타고 왔고 잘 생긴 남자애를 두고 갔다면서 희경이 떠들어댔다. 시내 사람들 먹는 물 다르대, 얼굴이 어쩜 고렇게 뽀얀는지. 여기 남자애들은 토실 감자들이야. 희경이는 바가지로 물을 떠마시면서도 재잘거린다. 소녀는 괜히 얼굴을 붉힌다. 그리고 웃는다.

햇볕은 따갑다. 희경에게 잡힌 소녀의 손에서 땀이 난다. 소녀는 반쯤 숙인 고개를 까닥 않고 곁눈으로 희경을 본다. 희경의 몸을 감싼 희경오빠의 반팔 면티속에서 살짝 도드라진 가슴이 오르내린다. 소녀와 희경의 그림자는 바로 발 밑에서 빠른 속도로 앞으로 나아간다. 동네 큰길을 걸어 공소부를 지나 골목길에 들어선다. 그림자는 없어지고 걸음이 늦어진다. 방앗간집이 보이면서 소녀는 희경의 손을 뿌리친다. 희경이 손목을 잡는다. 소녀는 다시 뿌리친다. 넌 저기서 기다려. 희경은 방앗간집 마당이 보일 수 있는 옆골목 울타리를 가리킨다. 소녀는 거기로 가서 숨는다. 방앗간집으로 향한 희경의 그림자가 흔들린다. 그리고 잠깐 멈추어 선다. 소녀가 이젠 그만 돌아가자고 희경을 부르려 할 때 방앗간집 문이 열린다. 경이구나. 할머니 반갑게 맞아준다. 울 엄마 여기 안왔습까? 희경이 소리 높여 웨친다. 할머닌 희경의 높은 목소리에 놀란다. 할머니를 부르는 소리와 함께 열려진 창문으로 파란 모기장이 걷혀지면서 소년의 얼굴이 내밀어진다. 골목 울타리에 숨어있던 소녀는 소년의 잘 생긴 얼굴을 보고 엄마야를 소리 지를 뻔했다. 희경은 발끝을 들고 소년을 향해 손을 젓는다. 소년도 어정쩡 손을 흔든다. 할머니는 웃는다. 소녀는 손톱을 깨문다.

소년은 이야기를 하기 좋아한다. 신령과 요정과 악마들이 많이 나오는 이야기를 한다고 한다. 종종 마을 아이들이 주변에 모여 소년이 만들어내는 이야기에 숨을 죽인다. 하지만 소녀는 멀리서 소년과 소년을 둘러싼 마을 아이들을 바라만 본다. 소녀는 조용히 소년과 같은 공기를 마시는데 만족한다. 소년의 둥글고 검은 눈이 이따금 먼 곳에 있는 소녀에게로 향한다. 소년이 사탕을 깨물고 부드러운 이마를 문지르고 무슨 얘기를 하는지 기운차게 웃는다. 소녀는 문득 자신이 시골에 갇혀 사는 도시소녀일거라고 생각한다. 언젠가 소년이 반드시 먼저 말을 걸어오리라 믿는다.

&

나분은 그때 무척 소설인가 뭔가 쓰고 싶었나 보다. 일기를 적는 것도 일인칭 "나"를 등장시키지 않고 "나"가 관찰해가는 "소녀"로 그리고 있었다. "소녀"라는 애칭에 대한 소중함도 있었을 것이고 자애에 빠져버린 공주병인지도 모른다.

나의 눈길이 분주해졌다. 마음은 눈길 먼저다. 뒷장을 넘겼는데 그대로 끝났다. 초기 소녀가 일기를 적는 습관은 한 페이지를 절대 넘어서지 않는다는 어떤 룰을 지키고 있는 듯하였다. 한 페이지로 하루의 일기를 끝냈다. 그리고 그 뒷장 여백은 그대로 넘겨버리고 다음날 일기로 시작을 하군하였다. 그 여백들은 훗날 다시 나뭇잎, 풀잎, 풀뿌리들을 골라서는 투명테이프로 고정시켜 채워가는 게 분명했다. 여백들은 식물표본의 자리였다. 구태어 글자들을 적어 넣는 군더더기도 없었다. 하지만 가끔씩 어떤 날은 일기의 앞뒤 장 모두 그대로 하얀 여백으로 남아있었다. 나분의 여섯 권 분량의 일기장을 다 읽고나서 마감 일기장을 덮었을 때 따랐던, 주체할 수 없었던 내 영혼의 공황은 소녀가 남겨놓은 여백과도 같았다.

소녀의 일기는 거침없이 거치러져 갔다. 하여 나는 다시 내 말로 풀이하는 게 좋을 듯싶다.

엄마들 사이 오가는 말에 의하면 희경은 예기치 않게 태어난 아이라고 고백했다. 희경이가 엄마 배속에서 나오는데 시간이 오래 걸렸단다. 산모한테는 괴롭고 아이 한테는 위험한 일이었다. 산파가 희경의 목에 감겨있는 태줄을 풀어줘야 했다. 마치 헤어지는 게 두려운 듯 아이는 태줄을 목에 감고 있었다.

희경은 폭군이었다. 아이는 자신의 힘을 양껏 엄마에게 행사했다. 밤은 엄마에게 엄청나게 어려운 시간이었다. 쉴 수 있는 시간은 잠시뿐, 매일 밤새도록 희경을 어르며 서성여야 했다. 아이에게 노래를 불러주고 흔들어줘야 했다. 엄마는 희경이 자신이 부풀어 오른 젖가슴을 파고들어 젖꼭지를 물어뜯으면 움찔했다. 아이는 뼛속에 있는 어머니의 젖까지 먹어버릴 기세였다. 희경은 배가 불러도 도리질을 하며 울고불고 난리였다. 엄마가 애원해도 소용없었다.

소녀의 결론은 희경은 어릴 때부터 악명 높은 아이라는 데 있다. 소녀는 희경에게 향한 분노를 온갖 상상력을 동원하여 일기에 적어 내려갔다. 하루 일기의 분량도 늘어갔고 여백을 남겨두는 여유도 없이 거침없이 써 내려갔다. 분노로 시작된 글쓰기는 분노로 막을 내리는 게 아니라 은연중 그것을 즐기는 듯하였다.

소녀는 자신이 본격적인 작가의 길에 들어섰다고 믿고 있는 듯 타인의 인정이 아닌 좀더 높은 차원에서 만족을 찾아갔다. 글쓰기는 자기만의 비밀이 생겼다는 짜릿함뿐만 아니라 세상을 축소하여 손안에 넣는 즐거움까지 맛볼 수 있는 재미, 상상하고 바라던 데로 글을 쓰기만 하면 그 자체로 완벽한 다른 세상이 탄생되어가는 스릴 앞에서 소녀 자체도 지극히 놀라고 있었다.

소녀는 일기에서 자신이 무척 아꼈을 애칭 "소녀"를 희경에게로 넘겼으며 소녀는 화자로 변해갔다. "소녀는 태를 목에 두르고 나왔다" 이런 식으로 말이다. "소녀의 목을 감았던 태처럼 소녀의 엄마의 목에는 밧줄이 걸려있었다." 이 대목을 읽어내려가다가 나는 어쩌면, 어쩌면… 하면서 숨도 제대로 쉴 수 없었다.

일기장을 덮었다.

속이 벌렁거리는 것은 물론 얼굴에도 열기가 댕겨지는 것을 느낄 수 있었다. 열두세살 소녀로서의 상상력은 폭력의 극악으로 치달아 갔다. 소녀는 자신의 상상을 주체할 길 없었던 것 같다. 분노도 저주도 아닌 상상의 폭이 넓어져가는 과정에서 자기의 천재적 기질을 발견해가면서 놀라워하고 기쁨에 싸였을 거다. 소녀에게는 이미 희경이라는 소녀의 존재를 까맣게 잊어버렸을지도 모른다.

&

연필로 소설을 쓴다. 지금.

꼬박 일년이 지났다. 나분의 일기를 소설화하는 작업을 그만둔지가. 과연 이런 게 어떤 의미를 가질까 재검토하면서 가슴을 후비는 저릿저릿함으로 더 이어갈 수 없었다. 다행 삭제가 아닌 휴지통으로 날려보냈기에 다시 건져올 수 있었다. 말하자면 쓰레기글이다. 휴지통도 나름대로 임시보관함 역할을 톡톡히 한 셈이다. 쓰레기글을 살리려면 아무래도 연필로 써야 이어질 듯싶었다. 문구방에 가서 연필 두자루랑 돌림칼이랑 원고지 50매도 구입해왔다. 길 모퉁이에 V자로 튀어나온 문구방을 나서서 오른쪽으로 이어진 중학교 울타리를 지나면서 흐드러진 개나리꽃을 스쳤다. 그 꽃은 그 꽃이 아니다.

가버린 봄은 오는 봄이 아니다. 계절은 배신할 줄 몰라도 사람은 배신을 거듭하면서도 영원을 좋아한다. 개나리꽃의 노란빛 너울은 나의 입가에 옮겨지면서 쓴 웃음으로 피어오르려고 했다.

드물게 고요한 일요일의 학교의 운동장과 학교의 옆 골목은 점심이라는 나른한 시간을 보내고 있었다. 때로는 밤의 정적보다 낮의 적요가 한층 더 불안해 보일때도 있다. 밤의 정적은 으레 갖고 있는

25

속성이어서 정적다운 정적이 있지만 낮은 분주와 활기의 이미지어서 그 적요는 평화로운 공포인지도 모르리라. 한낮에 드러난 내 몸과 몸속에 웅크리고 있는 어둠의 정체들을 생각하면서 나는 아파트 단지내에 들어섰다. 뼛속으로 파고드는 냉기와 선뜻함은 건물에 가려진 그림자 속의 마른 나무숲에서 기다리고 있다가 나에게로 휙 덮쳐들었다. 냉정한 열정으로.

나분의 일기를 소설화 작업을 시작할 무렵, 내 집안의 갈등의 얼레들이 풀렸다 당겨졌다 하기 시작했다. 어디서 어떻게, 언제부터 무엇때문에 빚어진 갈등이었는지 지금도 잘 모른다.

나와 아내는 둘 다 지극히 평범한 가정에서 나서 자라 지극히 평범하게 시간과 절차에 따라서 소학, 중학, 대학 교육을 받았고, 그러는 사이에 사춘기의 방황이나 가출이라든가 하는 성장통의 극적인 요소들도 전무했으며, 피폐해질 만큼의 격렬한 연애와 일탈을 꿈꾸는 건강한 청춘들의 사회적 참여에 목을 매면서 죽고 사네 하는 정열도 없이 정해진 대로 연애하고 결혼해서 아이 낳았다. 지극히 단순한 인생길을 걸어온 셈이다. 물론 남들이 다 하는 부부싸움도 간혹씩 있었지만 서로를 알아가기 위한 노력이라는 멋있는 표현이라고 쓰고 싶다. 내가 아내의 마음속 깊은 곳을 들여볼 수 없었지만 나로써는 여태 특별할 것 없는 내 인생의 궤적과 함께 아내가 이어온 행보들도 말그대로 순탄 대로였을 것이다.

길을 걷다가 난데없이 날려온 돌멩이에 뒤통수를 얻어맞아 어리벙벙 해지고 있는 사이, 화를 내고 이유를 따져 물어 볼 겨를도 없이 자취를 감추어버린 가해자들처럼 아내는 홀로 달랑 한국으로 가버렸다. 심한 표현이긴 하지만 그때에나 10개월이 지난 지금에도 나는 뒤통수의 머리칼에 깊숙이 손 넣어 버리는 습관이 있게 되었다.

사건의 예고이기도 했었던 그날의 대화는 혜인이의 생일 그 다음 날이라 날자까지 기억하고 있다. 2015. 3. 4.

혜인이 학교가 늦어진다면서 집을 빠져나간 뒤, 아내가 우려낸 홍차의 마감 한모금을 입에 털어 넣으며 출근준비 해야겠다고 찻잔을 내리고 있을 때였다. 저만치 떨어져 있던 아내가 혼자말처럼 가늘게 중얼댔지만 분명 나에게 말하고 있었다.

"우리 다른데 가서 살면 안돼요?"

비스듬히 부엌 쪽을 향한 아내의 옆얼굴을 재빠르게 훑었다. 표정은 알 수 없었다. 나는 진지한 척하기로 했다.

"다른데? 어디?"

"… 여기가 아닌 다른데."

미동도 하지 않고 목소리의 색깔을 빼버린 채 로봇 음성으로 아내가 말했다. 기침소리조차 바로 식별할 수 있는 아내의 음성이었지만 그토록 낯설게 들려온 목소리는 그늘진 그녀의 옆모습까지 낯설게 하기에 충분했다. 아내를 바라보던 그 시간은 잠깐, 아주 잠깐이었다. 십초, 십오초? 길어도 이십초가 넘지 않았을 것이다. 하지만 그 시간은 더디게 지나갔다. 누군가 이 장면에 의도적으로 슬로모션을 건 것처럼 표정과 눈빛, 그리고 부엌창이 만들어내는 음영의 효과가 명징하게 다가왔다.

"어디 여행 가자. 혜인이 델꼬."

"여행 말고… 다른데."

"그래, 알았어. 나 출근 바뻐."

출근을 핑계로 나는 대화를 잘랐다. 그리고 침실로 들어가 장지갑을 바지 뒷주머니에 넣고 핸드폰을 손아귀에 쥐고는 집을 나섰다. 그날 퇴근길에 아침의 짧은, 그러나 깊어질 듯한 대화를 되새기면서 집에 들어서서 먼저 아내의 눈치를 살폈다. 이상이 없었다. 그냥 장난이었어. 픔 하고 웃어버렸다. 아내는 언제나처럼 조용하면서도 끌어당기는 몸짓으로 저녁상을 차리고 있었다. 그럼 그렇겠지. 아내와의 결혼을 결정했던 순간들을 자꾸 확인하고 싶어지는 버릇이 쭈볏이 일어섰다. 그러나 그날 고요했던 아침의 대화와 저녁의 평화는 한순간의 발화를 위한 축적단계였음을 나는 모르고 있었다.

&

어느 해 봄인지는 나분이가 일기 날자를 적지 않아서 딱히 모르겠
지만 시간대를 미루어 짐직하면 아마 5학년에서 6학년으로 진급할
무렵인 듯히였다.

*희경이네는 그해 봄부터 오리사양부업을 시작했단다. 그래서 희
경과 희경 오빠는 봄철부터 바빠졌다. 희경은 언덕이랑 강가랑 논뚝
이랑 밭이랑 헤메이면서 오리 먹이풀을 채집해야 했고 희경 오빠는
개구리, 물고기 잡으러 들판을 쏘다녀야 했다. 희경과 희경 오빠에
게는 오리 천마리의 먹거리란 어마어마한 짐이었지만 희경은 잘 살
수 있게 된다는 아빠의 말씀에 힘이 났다. 특종 오리여서 오리알의
판매가격은 일반 오리알의 5배, 남극인지 북극인지 하는 탐사대원
들의 방한복을 만드는 오리털, 대도시 오리구이 식재료인 고기, 알
과 털과 고기는 진 축산소에서 집중수거, 대부금 지원 등. 오리사양
의 밝은 전망과 오리사양호 혜택들이 있었기에 희경 아빠는 한몫 단
단히 잡아볼 타산으로 농사일을 포기했다.
축산소에서의 정기적인 방문이 있었으며 그런 날이면 희경이네*

집 마당에는 도시 사람들이 몰고 온 지프차가 뽐내고 있었다. 희경 아빠가 전날에 잡아 앉힌 개고기는 마당의 솥에서 벌렁거렸다. 희경이도 술, 담배 심부름으로 덩달아 바빠졌다.

소녀는 오리가 방귀만 뀌어도 알이 뽈랑뽈랑 떨어질 줄 알았다. 나분이 적은 그대로 희경네 온 가족에게는 오리알이 곧 황금알이었다. 오리는 가족의 희망대로 무럭무럭 자라 제법 모양새를 갖추어갔다. 그럴수록 식욕이 왕성해져가서 온 가족이 더 바빠졌다.

가을볕이 영글어가서 희경 아빠는 도랑에 고기발을 놓았고 도랑 옆 공터에는 몽골뽀 모양의 초막을 세웠다. 초막을 지키는 몫은 희경 오빠였고 오빠께 도시락 배달은 희경의 몫, 하루에 두 포씩이나 되는 물고기 (미꾸라지와 붕어, 메기도 있었다)자루 운반은 희경 아빠의 몫, 칠 팔세 되는 어린애 키 높이의 김치독에는 미꾸라지, 버들치들이 팔팔 살아뛰었고 그것들을 바가지로 떠서 오리들에게 훌훌 뿌려주는 건 희경엄마의 몫이었다.

아주 가끔씩 나분은 희경을 따라서 초막이 있는 희경네 고기발터로 갔다. 축축하게 쌓아 올린 먹물색의 뗏장을 개어올린 땜과 주위에서 풍기는 비릿비릿한 냄새, 물고기의 내장과 비늘이 말라붙어 있는 초막앞의 자그마한 공터와 날아다니는 파리떼, 공터에 살짝 웅덩이를 파고 양옆으로 큼직한 돌멩이로 얹어 만들어 놓은 부뚜막위에 얹혀진 냄비, 불에 그을려진 오그라든 냄비 뚜껑에 말라 붙어있는 음식물의 잔해들, 그 주위로 널려 있는 담배꽁초, 비닐봉투, 빈 술병과 깡통, 마른 나무가지와 쓰러져 말라가는 풀대와 거기에 앉아서 졸고 있는 고추잠자리, 때로는 보이게 되는 초막 위에 빨아서 널어놓은 희경 오빠의 티와 팬티, 천막으로 들어가는 입구에 걸려있는 손전지, 고기발 옆에 깊숙하게 파 놓은 물웅멩이에서 꼬르륵 꼬르륵

자루 속의 물고기들이 숨쉬는 소리 등등의 것들은 나분이로 하여금 애써 외면하고 싶지만 자꾸 눈길이 한 번쯤 더 가게 되는 익숙하면서도 생소한 듯, 비루한듯하면서도 소박한, 고단해보이지만 역동적인 존재들이어서 희경이 같이 가달라고 졸라댈 때마다 주저하다가도 마술적인 유혹에 끌려 따라나서군 하였다.

나분의 일기에 따르면 희경 오빠의 고기밭터로 갔던 다섯 번째 행차에 비가 내렸다.

"빨리 들어오라니까."

초막안에서 희경이 재촉했다.

먹구름이 뒤덮인 하늘에서 큼직한 비방울이 후두둑 떨어졌다. 나분은 그때까지도 초막에 들어갈 용기를 선뜻 내지 못하고 고개를 들고 눈을 쪼프리며 술렁대는 벌과 논밭의 먼 곳으로 눈길을 보냈다.

"귀신이라도 나올가바. 히히. 귀신 여기 있다. 널 잡아먹을 희경 귀신이. 히히."

희경의 음산함을 가장한 목소리가 초막안에서 새어져 나왔다. 솨아 하고 주위의 황금빛 벼이삭들과 마른 풀들이 부비면서 만들어내는 빗소리에 나분은 초막안으로 허리를 굽히고 쑥 들어갔다. 사나운 짐승이 두 눈 퍼렇게 밝히고 앉아있을 동굴의 입구로 들어가는 비장함으로. 이곳에 올 때마다 나분은 궁금해서 한번 들여다 보고 싶었지만 감히 그 안쪽만은 들여다 볼 수도 희경이 따라 들어가 누워 볼 수도 없었다.

"히히. 들어왔유."

희경이가 벌떡 일어나 앉는 바람에 하마트면 머리가 맞쪼일뻔 하였다. 희경이 자리를 내주며 옆에 앉으라고 했다. 가뜩이나 어두운 바깥 날씨탓에 초막안은 상상했던대로 칙칙한 그대로였다. 습기가 올라오지 않도록 바닥에 비닐을 깔고 그 위에는 쑥대와 마른 풀대로 엮어만든 엉터리 돗자리위에 담요가 깔려 있고 이불은 베개가 있는 쪽으로 둘둘 말려 있었다. 희경이 탁탁 두드리며 앉으라고 했던 자리는 때가 번질거리는 담요의 한 귀퉁이였다. 별수 없이 나분이는 그곳에 쪼크리고 앉았다.

"오늘 말이야. 메기가 잡히는 날이야."

"그래?"

"흐린 날에는 미꾸라지랑 붕어랑 겁먹고 나디니지 않아. 검고 그고 흉측한 메기들이 진흙굴에서 빠져나오지."

"검고 흉측한…"

"그래, 생긴대로 취미도 흉측하지."

"취미…"

나분은 희경의 말을 듣는둥 마는둥 초막안에서 피어오르는 냄새에 몰입하고 있었다. 딱히 뭐라고 말할 수 없는 냄새였다. 아빠에게서는 결코 배어져 나오지 않을, 동네 아저씨들을 스치면서 설핏 맡았던 걸죽하고 야생적인 냄새인듯하였다. 기어이 남자들의 몸 냄새일거라는 추측이 되면서 나분은 조그마하게 한숨을 내쉬었다.

"우리 부자 될거래. 너네 처럼."

"좋지."

"울 오빠 이쁜 색시 델고 올 수 있대."

"벌써?"

"몰라."

"난 머리 기를거야. 너처럼."

"어울릴거야."

"머리 묶고 싶단 말이야."

"기달릴게."

희경은 몸을 나분의 쪽으로 비스듬히 기대면서 오른쪽 다리를 길게 뻗으면서 츄리닝 주머니에서 뭔가를 꺼내듯 하였다. 그리고는 머뭇거리며 초막 입구쪽으로 타다닥 떨어져 부서지는 빗방울을 응시하였다. 옆모습이었지만 희경의 까만 눈동자는 어둠 속에서 반딱거렸다. 다부져 보이는 콧마루 아래로 약간 삐어져 나온 도톰한 입술이 옴찔거렸다. 우유부단하게 딱히 뭔가에 혼란이 왔을 때, 콧날을 중심으로 좁혀진 눈썹 사이에 가늘게 생긴 주름이 서서히 펴지면서 희경의 도톰했던 입술이 잘근잘근 씹히어 갔다. 오른쪽 손은 자꾸 옴지락댔다. 무던해서 어리숙해 보였던 희경에게 도발적인 모습이 있었다는 걸 나분이는 새삼 깨달았다. 너무 익숙해서, 아니면 너무 평범해서 무시했던 희경의 얼굴이었음을 나분은 깨달았다.

마침내 희경은 오른손을 뻗어 손바닥을 펴보였다. 펼쳐진 손바닥에는 리본이 놓여있었다. 나분은 희경의 손바닥을 유심히 들여다보기는 처음이었다. 잘은 모르겠지만 어떤 나뭇잎 같은 손바닥이었다. 나뭇잎의 결들 사이와 사이를 메우며 리본이 얹어져 있는듯하였다. 긴 머리를 한 줌되게 쥐고 세번정도 감아서 묶어줄 고무줄이 안에 들어있을 빨간 고리형 리본, 고리의 둘레에는 반짝거리는 쪼꼬만 나비모양의 스팽글이 달린 리본. 순간, 나분은 저렇게 이쁜 리본은 희경과는 거리가 멀고 자신에게만은 어울릴거라는 질투를 느꼈다.

"어데서 난거야?"

"꼭 그렇게 물어야 되겠니? 이쁘다는 소리는 쏙 빼버리고."

"어울리겠다."

"그 소리는 쓸만하다. 히히. 리본을 달기 위해서라도 머리를 길러야지."

"나처럼?"

"너처럼."

"하아"

희경이 흥분에 들떠서 소리 지르며 두 팔을 한껏 벌려서 뒤로 넘어갔다. 그 서슬에 나분도 나란히 희경의 옆에 눕게 되었다. 등으로 축축한 습기와 오싹한 섬뜩함이 전해오면서 발끝이 오그라들었다. 다시 일어나 앉으려는데 희경의 완강한 팔힘에 상체를 끄덕할 수 없었다. 꼼짝도 못하고 누워있을 수밖에 없었다. 아치형으로 휘어진 대나무들과 비가 새어들지 않도록 덧대어놓은 비닐 위에 얹혀진 쏙대들이 만들어내는 어둠이 보였다. 나분의 반쯤 젖어있는 바짓가랭이 사이로 한기가 몰려왔다.

"어데서 난건지 너만 알고있어야 돼."

"응."

"비밀 지킬거지?"

"응."

"… 여름 방학에 방앗간집에 놀러왔던 그 애가 준거야. 선물로."

나분은 눈을 꼭 감아버렸다. 귀도 닫아버리고 싶었다. 맥박이 빨라지고 숨을 고르게 쉴 수 없었다. 나분은 벌떡 일어나 초막밖으로 뛰쳐나가 빗속으로 내달리고 싶었다. 바르르 떨리는 발끝으로 빗방울이 계속해서 부서져 흩뿌려졌다. 얼굴이 달아오르도록 손으로 힘껏 등에 깔려 있는 담요를 쥐어틀었다. 더러운 담요에 반팔밖으로 들어난 팔과 손이 닿지 않게끔 가슴께로 한껏 모았었지만 이것저것 가릴 때가 아니었다.

헛것을 들었어, 거짓말이야, 이럴 수 없어, 어쩜 이런 일이 순식간에 온갖 생각들이 난무했다.

들숨을 한껏 쉬었다가 날숨을 내보면서 힘이 빠져가는 손바닥으로 담요밑의 딱딱한 익숙할 듯한 작은 물체가 감지 되었다. 나분은 비좁은 공간이었지만 움직이라도 해야 희경이 받았다는 선물쪽에서 놓여날 듯싶었다. 손을 담요밑으로 넣었다. 손에 잡혔던 감촉대로 머리핀이었다. 나분은 머리핀이 손바닥에 박힐 정도로 손아귀를 뽀드득 소리 나게 몰아 쥐었다.

&

여기가 아닌 다른데… 로 가서 살자고 하던 그날에서 두 주쯤인가
세 주쯤 지났을 무렵, 문득 아내가 내 사무실로 전화가 왔다. 저예요
수화기 저편에서 깔린 아내의 목소리가 들려왔다. 나는 휴대폰의 액
정화면을 확인했다. 통화기록에 미수신 알림이 떠있지 않았다. 아내
답지 못한 전화였다. 출근시간은 완벽한 나의 시간으로 쭉 만들어주
었던 아내였기에 함께 일하고 있는 Z신문사 기혼남들이 뽑은 매너
넘버원 아내감이었다. 하루에 몇번씩 울리는 아내의 전화 탓에 경고
처분을 받은 문예부 강편집을 비롯한 기혼남들은 슬슬 눈치를 보면
서 집사람과 통화를 하지만 통화를 하고 나서는 부부간의 화목과 가
내에서의 자신의 위치를 은근히 동료들이 알아주었으면 하는 눈치
였다. 실무와 가내업을 완벽에 가까운 분리로 나는 한때 부부 불화
설에 오르기도 했었다. 그러나 건과류들을 듬뿍 넣은 주먹밥, 나른
해지고 식상해버리기 쉬운 점심을 활기차게 하는 땡초김밥을 동료
들과 함께 드시라며 도시락을 바리바리 챙겨서 1층 로비의 접수처
에 두고 가는 아내는 불감증 부부라는 사내 동료들의 의심을 한방에

날려버리는 센스 있는 여자였다. 그러던 여자가.

"당신 퇴근 후 집에서 알리려고 했는데… 갑자기 전화 드려 미안해요."

"뭔데? 미안해 할건 또 뭔데."

"아니, 그저… 당신 얼굴 보고는 말할 수 없을 것 같아서요."

"그래서?"

"…전화드려요."

"전화해서 밥이라도 맹글어 낼려고? 허허. 뜸 들이지 말고 어서 여쭤보세요. 허허."

"그게… 그게…"

"그게 어찌됐다는 건데? 나 바로 취재 가야 하는데. 말떼기 어려우면 이따가 통화 편할 때 내 쪽에서 다시 전화할 게."

"잠깐만요. 그게… 이제 금방 피아노학원 접었어요."

"헐. 진짜 헐이네…아무튼 수고했어."

나중에 봐 라고 말을 이으려는 찰나, 아내쪽에서 먼저 전화를 끊어버렸다.

괘씸하여라 이 여자, 하면서 속으로 중얼대며 취재백을 들고 사무실을 빠져나왔다. 취재를 나설 때 이미 오후 두시여서 취재를 끝냈을 때는 이미 저녁 일곱시를 넘어 서고 있었다. 오기사와 라면으로 가볍게 식사를 끝내고 아파트 단지 정문에서 오기사를 떠나보내고 나는 아내와 딸이 있을 내 집의 불빛을 찾았다. 하나, 둘, 셋… 그 다음은 훌쩍 뛰어넘어 눈 셈으로 찾아낸 내 집의 불빛은 10층 오른쪽 두번째 창에 밝혀 있었다.

&

오늘 말이야. 강간범을 취재하러 갔어.

억울하게 누명을 쓰고 투옥 3년만에 석방된 강간범을. 사회부 기자 생활 그만 접고도 싶어. 맨날 만나야 하는 사건들과 인물들은 나를 늘 우울하게 하지. 특종 기사거리의 사건과 인물들이니까 유별날 수 있는데 말이야. 사회부 기자 생활 10년이면 면역력도 있어야 객관적이겠는데 난 잘 안돼. 상식에서는 벗어날 우연하게 벌어지고 전개되는 스토리와 인연들, 오늘 만난 방태범씨처럼 알리바이가 전무한 빼도 박도 못하는 묘한 우연들… 취재 상대들은 사전에 입수한 정보와는 무관하게 너무나 평범한 이웃 형제 같은 사람들이라는 게 사람을 미치게 하는 짓이지. 대체? 무엇때문에? 취재 전, 이미 짜여졌던 그대로 신문 지상에 발표해도 억울한 듯한 이야기였었는데 막상 들어보면 그게 아니거든. 더 이상으로는 안되겠다 싶으면서도 취재 상대를 자꾸 막다른 골목으로 몰고 가는 내 뻔뻔스러움 때문에 환멸을 느끼게 돼.

강간범, 석방된 강간범. 억울하게 누명을 쓴 강간범, 왜서 오늘 그 사람에게 따라붙는 대명사는 강간범을 벗어나지 못할까? 이래서 더욱 환장할 만큼의 환멸을 느껴. 방태범씨의 정체를 밝힐 수 있는 대명사는 고작 이따위뿐 들이었을까? 내 기사의 선정적인 제목을 고르면서 강간범이라는 이 자체를 떼어 놓을 수 없었던거야.

비루하다고 생각해. 타인의 고통을 고스란히 옮겨 적지 못하는 비애와 비굴, 나아가서 타인의 고통을 접수하고 특종건 한 건 터뜨릴 수 있다는 흥분으로 분주해지는 나 자체의 정직성을 잘 모르겠어. 그래서 아까, 아까가 아니지. 오후에 당신이 온 전화, 간만에 휴대폰이 아닌 사무실로 걸어온 전화, 그 전화도 건성으로 받았어. 미안해.

옥중세계에도 계급이 존재하나 봐. 강간범은 죄수들 중에서도 노예급이다잖아. 웃기지. 웃을 일도 아니지. 사람이 사는 곳에는 계급이 존재하니까. 엄연히.

방대범씨가 느끼는 환멸은 억울한 강간죄가 아니고 인간들 사이에 놓여있는 불신이었어. 법이 무시하는 인간 존엄은 차치해버리더라도 동질성을 가진 인간에 대한 비애를 말이야. 물론 방태범씨는 옥중의 죄수들과 같이 나라의 법을 어긴 죄수는 아니었지만 단지 죄를 범했다는 사람들의 세계에서만은 위안을 바랐던거야. 그러나 그게 아니었지. 강간범이라는 이유로 피해자의 입장이 되었대. 강간을 당했다는거야. 옥중 남자들의 성욕과 히스테리를 고스란히 받아들여야 했다는거야.

끔직하잖아. 기사에서 언급 못할 세부들, 비굴한 내 기사들. 낼 모레 사회면 전면을 덮 칠할 내 기사를 당신도 보게 될거야. 내 진심이 아니라는 걸 당신만은 알아줘. 최대한 사건의 진실에 초점은 맞출거야. 사람은 살면서 간혹씩 가짜 같은 진짜를, 진짜 같은 가짜를 그냥 그런 법이다 하고 넘어가는 게 서로를 위한 것인지도 몰라. 타협이 필요해. 당신도 나도. 우리 사이에 타협할 것도, 타협이라는 단어 자체도 존재하지 않잖아. 오늘의 횡설수설은 미안해.

&

나분은 머리핀을 꼭 움켜쥔채 비가 멎기를 기다렸다.

분명 옆에 희경은 몸을 대고 누워있었지만 홀로 초막안에 갇혀있
는 고독을 느꼈다. 영롱한 이슬과 햇살이 온몸으로 빛을 뿜으며 굴
러다니던 마음에 어둠이 내려앉았다. 나분은 불현듯 노천영사막을
떠올렸다. 동네 공소부 마당에서 영화를 보다가 정전이 되면 어둠
속에서 허옇게 드러났던 그 노천영사막을 바라보던 공허함도.

초막 입구 쪽으로 불쑥 나타나는 것이 있었다. 물이 절렁거리는
장화, 장화 속에서 올리뻗은 할퀴어진 다리, 차돌처럼 단단한 무릎
아래로 순하게 내리 펴지고 비에 젖어 유난히 까맣게 보이는 몸털…
희수가 초막 입구에 버티고 섰을 때 비도 그쳤다.

"오빠, 웃통까지 다 벗어뿌렸나? 감기 걸리라. 베개밑에 여벌의
옷 있어. 빨리 갈아입어."

초막에서 기어 나온 희경이 엄마처럼 부산 떨었다. 옆에 서있던
나분은 왼손을 뒤로 감추고 고개를 떨구고 오른손으로 홍클어진 머
리를 정돈하고 있었다.

"나분이도 와있었구나."

희수가 손에 말아쥐고 있던 젖은 반팔티를 비틀어 쥐어짜며 히쭉 웃었다. 예. 하면서 고개를 든 나분은 구리빛으로 잘 구워진 근육질 남자의 상체를 봐버리고 말았다.

배꼽 위로 대칭을 이루며 균형감을 잃지 않은 복근의 살덩이, 가슴털 몇올에 덮여져 있는 젖꼭지가 붙어있는 구리 동판 같은 깔끔한 가슴과 쇄골이 만들어주는 목아래의 음영, 비에 젖은 반팔티를 비틀고 있는 힘줄이 날카롭게 서있는 짱짱한 팔뚝을. 너무 기름져 빗방울 몇몇만 간신히 매달려 있는 윗몸의 모든 것들을. 나분은 휘청거렸다. 수줍음을 가장한 어떤 욕망이 귓볼로 빨갛게 달아오르는듯하였으며 저릿저릿함이 온몸으로 관통하고 발끝까지 쑥 내려갔다.

"오빠, 빨리 갈아입어. 우리 갈게."

희경은 나분이의 오른손을 잡고 둑 쪽으로 끌었다. 둑에 가까워져서 희경이 앞쪽에 서고 나분은 뒤에 따랐다. 줄레줄레 신난 희경의 뒷모습을 보면서 나분은 희경처럼 츄리닝을 무릎위까지 걷어 올리고 종아리를 버석거리는 날이 선 풀들에게 할퀴고 싶었고 도꼬마리의 침에도 찔려보고 싶었다. 그러나 그건 단지 생각뿐, 나분은 조심조심 둑길을 걸었다. 주머니에 넣은 머리핀을 살며시 꺼내 보았다. 그 머리핀도 나비 모양이었는데 큐빅이 박혀있었다. 다시 주머니에 넣는데 느닷없이 환영이 눈앞을 피끗 스쳤다. 대낮에 들길을 걸으면서 보게 되는 환영이란. 정말 피끗이었지만 그처럼 생생할 수 없었다. 어떤 남자가 어떤 소녀를 어떤 어두운 구석으로 밀어붙이는 격렬한 몸짓의 환영.

&

일방적인 나의 횡설수설을 아내는 조용하게 듣고있었다. 골똘하게 뭔가를 생각하고 있었으나 상대의 말에는 집중하고 있지 않으면서도 흥미를 가지게 된다는 그런 표정이었다. 따분하고 지루해져서 힘이 빠진 상태는 아닌듯싶었다.

우연, 인연, 타인, 세부, 타협 등등의 낱말들이 내 입에서 튕겨져 나올 때마다 비어져 있는 것 같으면서도 모든 걸 다 담고 있는 오랜 수행자의 얼굴을 닮아가고 있는 아내의 얼굴에서 일어나는 미묘한 변화를 나는 놓치지 않았다. 솔직히 내 마음의 구석구석을 훑고 있을 아내의 눈빛이 두려웠다. 아내에게 내가 하는 말에 치고 들어올 기회를 주지 않고, 치고 들어오지 못하게 말의 속도를 빨리하고 있었다. 그게…

이제 금방 피아노학원 접었어요. 취재중에도 피끗피끗 떠올랐던 아내의 전화 목소리를 지우고 싶었을까?

"차 한잔 드세요."

식탁을 마주하고 앉은 아내가 홍차 잔을 가리켰다. 홍차는 이미

43

식어버린듯하였다. 한꺼번에 너무 많은 말을 해버린 후에 따르는 공허와 헛헛함을 미지근한 홍차가 목구멍을 타고 내려가며 진정시켜 주는 듯하였다.

일방적으로 주절거리면서 아내와 기싸움이라도 하듯 똑바로 쳐다보았지만 연설이 끝나고 나니 오히려 아내의 얼굴을 직시할 수 없었다. 아내의 몸 뒤에 서있는 냉장고 오른쪽 액체류 저장문에 붙어져 있는 내용물 저장기록 메모지를 보려고 눈을 쪼프고 안경을 콧등으로 추슬려 올렸다.

"정육점이 생겼어요."

나는 메모지에서 눈을 거둬들이고 아내를 보았다. 아내는 눈을 똑바로 뜨고 나를 쳐다보았다. 그래서? 하고 물어보는 내 눈과 마주쳤다.

"피아노학원 앞에 정육점이 생겼어요."

"그래서?"

"… 접었어요."

"정육점과 피아노 서로를 나란히 바라본다? 웃겼을 조합인데. 허허."

"접었다구요."

"정육점 주방장 칼끝의 피는 수술복같이 깨끗한 유니폼에 홍매화를 탁 뿌린다. 배경음악으로 슈베르트 겨울나그네 피아노 연주곡이 깔리고."

"그럴지도."

아내는 손가락을 깍지 끼고 턱에 고이며 나를 쳐다보았다. 내가 하는 장난을 장난으로 받아드리지 않았다. 아내의 손가락은 예전 그대로였다. 그녀의 손가락은 피아노 전용으로 사용되게 하기 위하여 설계되고 제작된 듯 가늘고 길게, 날려갈 듯 가볍게, 희미해져서 밋밋한 매듭이지만 강한 탄력을 발산하고 있었다.

첫 미팅에서 나는 이미 그녀의 손가락의 노예가 되기로 했다. 그 손가락이 가리키는 무엇이든 전부를 그녀의 소유로 해주고 싶었다.

막강한 청춘들의 성욕은 조급했으며 불안했다. 둘의 첫 몸 섞음은 서툴렀고 빨랐기에 그녀의 몸이, 내 몸이, 몸과 몸이 간절한 갈증에 시달려서 더 자주 몸을 섞어야 했다. 내 허리가 끝나가는 옆구리와 엉덩이의 경계의 굴곡으로 그녀의 손가락이 더듬어 올 때면 소름은 얼음과 불의 세계를 넘나들게 하는 듯하였다.

니 손가락과 결혼할지도 몰라.

신음을 깨물며 입안이 바싹 말라버려서 피어오르는 단내를 그녀의 귀가에 불어넣으며 속삭였다.

서로의 몸에 대한 탐색과 연구를 거쳐 결혼을 하고 아이를 가지고 아이가 커서 중학교 2학년이 되어버렸어도 그녀와 나의 몸과 몸의 탐색은 여전히 진행중이었다.

"칫, 심각모드네. 허허. 함 해본 소리야"

"…"

"이유는 묻지 않을 게. 잘 접었어. 그동안 쉬지 못한 걸 몰아서 한꺼번에 뻐근하게 쉬어. 신문사 휴가를 내볼 게. 우리 여행가자."

"다른데 가서 살아요."

"둘이서 여행가자."

지금 생각해보면 "… 여기가 아닌 다른데.", "그게… 이제 금방 피아노학원 접었어요." 아내가 두 번을 거쳐 보내온 신호에 대응한 나의 무심함이 아내의 한국 유학을 재촉했을지도 모른다. 초기에 따져 묻고 협박을 해서라도 미리 눌러 앉혀야 했었는데 아내에 대한 신뢰와 자신에 대한 믿음이 오늘의 파국으로까지 이어왔는지 모른다.

피아노 학원을 접은 그날 밤, 나는 "하고 싶다"라고 하면서 아내의 머리결 깊숙한데로 손을 집어넣었다. 미동도 않는 아내의 머리로는 단단하게 굳어져 버린 그녀의 몸의 경직이 당돌하게 전해져왔다. 침대가에 있는 레코드에서는 슈베르트의 "겨울나그네" 제 5곡 보리수가 빛의 농도를 한껏 줄인 스탠드 불빛을 타고 침실이라는 공간을 휘젓고 다녔다.

...

샘터 대문 앞에 서있네

한 그루 보리수

나는 꿈꾸었네

그의 그늘안에서

매우 달콤한 꿈을

나는 새겼네 그의 껍질에

매우 많은 사랑스런 말들을

끌어당겼네 기쁨과 슬픔 속에

그 나무는 나를 언제나 강하게

나는 오늘도 방랑해야 한다네

그 옆을 지나 깊은 밤중에

그리고 심지어 어둠 속에서도

두 눈을 감았네

그리고 그 나무가지들이 살랑거렸네

마치 그들이 나를 부르는 것처럼

내게로 오라 친구여

여기서 발견할 것이다
당신은 휴식을
…

&

.

　나분은 희경에게 리본을 선물한 방앗간집 외손자를 용서할 수 없
었고, 그 선물을 보물단지처럼 간직하고 때로는 자랑하는 희경을 더
욱 용서할 수 없었다. 희경의 넉살 좋은 꼬리침이 엇갈린 인연을 몰
아간다고 기어이 고집하고 보니 희경에게로 향한 분노는 주체할 길
없었다. 분노는 저주로 이어졌고 저주는 원망을 낳았으며 원망은 복
수로 치달아갔다. 나분이 초막에서 움켜쥐고 왔던 나비 머리핀은 나
분이 달아준 날개를 파닥거리면서 일장만파의 회오리 바람을 몰고
왔다.
　초막에서 돌아온 뒤로 나분은 시도 때도 없이 환영으로 시달렸다.
그 환영은 날이 갈수록 살이 붙고 뼈가 서면서 구체적이고도 리얼하
기까지 하였다. 심지어 꿈에서도 나타났다. 나분은 밥도 먹지 못하
고 등교도 못하고 집에 앓아 눕는 날도 있었다. 나분은 봄에 한순간
활짝 피었다가 지면서 난분분 난분분 떨어져내리는 진달래 꽃잎처
럼 너덜너덜 찢어지고 짓이겨지고 문들어져 갔다.
　마당에는 아빠의 헛기침소리가 떠돌아다녔으며 집안은 엄마의 한

숨소리로 꺼져들었다. 그럼에도 불구하고 나분의 환영과 꿈은 부풀 대로 부풀어져서 환영속의 어떤 남자는 징글징글한 짐승의 몽뚱이를 가진 희수로 완벽해졌으며 어떤 여자애는 나비 머리핀을 머리에 얹고 있었다.

역마살이 끼었단데. 살풀이를 해랑게. 말씀 함부로 하시면 안돼요.

저대로 뒀다가는 큰일 나제.

정말 할머니 왜 이러세요?

안그래문 여기저기 저앨 델꼬 떠돌아댕기면서 살아야된당게. 정 안되면 그럴 수도…

링거를 팔에 꽂고 어슴프레 잠 들어갈 즈음 나분의 귀에는 방앗간집 할머니와 어머니의 티격태격하는 소리가 간간이 들려왔다. 눈을 꼭 감았다. 당장 뛰쳐나가 전 괜찮아요. 전 멀쩡다니까요 하고 씩씩하게 소리치고 싶었다. 그러나 몸은 나락으로 내려앉았다. 나분의 이악스레 꼭 감아버린 눈을 비집고 기어이 눈물이 새어나왔다. 괜찮아, 괜찮아, 다 괜찮아, 눈물이 나분의 뺨을 어루만졌다.

어떻게 다시 잠들었는지 깨어지고 보니 팔에 꽂혔던 침이 빠져나갔다. 머리는 말짱 개어졌고 몸도 가벼웠다. 집에는 아무도 없었다. 다행이다 하고 생각하면서 몸을 일으켜 밖으로 나섰다. 엄마의 불안한 그 얼굴을 보았다면 다시 눈을 감아버렸을지도 모른다.

코스모스 꽃 잎사귀에서 위태롭게 졸고 있던 고추잠자리가 다시 날아오르는 화단을 에돌아 창고 옆에 있는 화장실로 걸음을 옮겼다. 화장실을 둘러싼 나무 울타리 사이의 좁은 틈새로 쨍 소리날 만큼 빛이 투과되어 왔다. 눈이 시렸다.

작열하는 햇빛에 반사된 칼날끝이 쏘는 예리한 빛처럼 일순 멀쩡

49

한 눈을 멀게 하는 공격성이 있었다. 손으로 눈을 가리려는데 빛은 다시 나타나지 않았다. 그리고 인기척이 들려왔다. 환영이다 하고 나분은 힘이 빠져서 한발작 떼었을 때 울타리 너머로 양태머리의 한 여자가 움직이는 것이 보였다. 그게 누구였던간에 나분에게는 중요하지 않았다. 화장실문 앞의 한뼘정도 두께의 디딤돌을 딛고 올라서는데 그 여자의 머리에서 나분은 끝내 찾고야 말았다. 나비리본을. 그리고 아주 잠깐전의 그 강렬했던 빛도 환영이 아니었음을 알았다. 나비 몸에 박혀있는 큐빅의 빛이라는것을.

나분은 소리내어 불렀다..

나비야

&

"이 기집애 어디 갔지? 집구석에는 통 붙어있지 않고. 피는 속이지 못한다던 게."

집의 대문 고리를 잡으면서 나분은 곁눈으로 왕씨네가 성이 난 모습으로 십여미터 쯤 떨어진 곳으로부터 가까워져 오는 것을 보았다.

한집 건너 앞집에서 살고 있는 왕씨네지만 집식구들은 집에 귀머거리라도 있는 듯 식구들마다 목청이 우렁지고 침투력이 있었으며 공격성이 있었다. 마당에서 나누는 일상의 대화도 한집 건너 나분네 집까지 들릴 정도였다. 왕씨네 집의 부부싸움이라던가 아니면 애들을 욕하고 패는 날이면 온 동네가 떠뜰썩할 정도였다. 하기에 십여미터 밖에서의 왕씨네의 중얼거림도 나분에게는 또렷하게 들려올 수 있었다. 물론 그 중얼거림은 한족말이었는데 왕씨네 입에서 튀어져 나오는 동북농촌의 특유의 사투리는 더욱 투박하고 걸죽했으며 거칠게 들렸지만 어떤 생의 역동성을 느끼게도 하였다.

이때쯤 나분은 털고 일어났다. 나비 큐빅에서 빛을 보고 난 그날 오후부터 나분은 더는 환영을 볼 수 없었으며 악몽은 더욱 멀어져가 버렸다. 갸름한 얼굴에 홍조가 다시 피어올랐고 머리카락도 윤기를

51

되찾아갔다.

"기집애 집구석에 들어오기만 해봐. 다리몽댕이 뿐질러 버릴거다. 하라는 빨래는 안하고 어디를 바라다니지."

왕씨네는 팔을 거둬올리면서 씩씩대며 나분을 스쳐지나가려고 했다. 길가에서 마주쳐도 그냥 아는 체도 않고 스쳐지나는 사이었기에 왕씨네에게는 나분은 거의 투명인간이나 다름이 없었으며 나분에게도 왕씨네는 멀리할 수 있으면 멀리해야 하는 존재이기도 하였다. 그때 문득 나분은 왕씨네를 불러세웠다. 서툰 한족말로.

"쑈훙 찾으세요?"

"…"

한번도 말을 건네보지 못했던 소녀였기에 왕씨네도 멈칫하는 듯하였다. 나분은 멀뚱하게 쳐다보는 왕씨네의 얼굴을 보고나서 바로 후회하였다. 빨리 집으로 들어가고 싶어서 문고리를 당겼다.

"잠깐만, 우리 쑈훙 어디 가는거 본거지?"

왕씨네 답지 않게 깔린 목소리로 작게 속삭이듯 물었다. 그게 도리어 오싹해나는 음산한 분위기를 연출하였다.

"그게…"

나분은 한족말을 해야 한다는 주저심도 없지 않았지만 왕씨네의 유난히 튀어져 나온 광대뼈 쪽으로 걸려있는 웃음때문에 으스스 해지면서 빨리 마당으로 들어서고 싶었다.

"어디로 가던?"

왕씨네의 원상 복귀된 쨰는 듯한 목소리에는 서늘한 날카로움을 품고 있었다. 저항 한번 잘못했다 가는 그대로 찔려서 꼼작도 못할 것 같은 협박을 나분은 고스란히 받았다.

나분은 반쯤 열어둔 대문을 도로 닫고 책가방 앞쪽에서 머리핀을 서둘러 찾아 꺼냈다. 날숨을 짧게 힘주어 내쉬면서 움켜쥐고 있던 손을 왕씨네 쪽으로 펴보였다.

"이거 쑈홍꺼 맞으시죠?"

나분의 손바닥은 입술과 함께 바르르 떨렸다.

"맞다. 우리집 기집애 꺼. 비싸게 주고 사준거 아무데나 떨구고 다니는 기집애, 오늘 저녁 니는 작살감이야."

왕씨는 바락바락 화를 내며 덥석 나분의 손을 덮쳤다. 나분은 날렵하게 오른손을 등뒤로 숨기며 왼손 식지를 입술쪽으로 가져다 대며 쉿 하고 소리를 냈다.

"어, 그래… 미안하다. 고맙다."

아무리 눈치 없기로, 아무리 막무가내인 왕씨네라도 소녀 앞에서는 자신의 체신쯤은 지켜야 한다고 생각한 듯하였다. 아니면 당돌한 듯하면서도 많은 이야기를 담고 있는 소녀의 몸짓에 끌렸을 수도 있었다.

이내 벙글써 웃으면서 뒤늦은 인사를 했다.

나분은 입술을 꼭 깨물었다. 그냥 이대로 돌려줘야 하나 아니면 이것의 출처를 밝혀야 하나 망설이였다.

"어디서 주은거야?"

왕씨의 궁금증은 증폭되고 있었다.

"그게… 희경이, 희경이 알지요? 희경이 오빠 희수, 오리집 아들 희수. 고기발터 초막에서 주었어요."

나분은 또박또박 한족말을 한어문 낭독을 하듯 한글자 한글자 뱉어냈다.

"뭐? 뭐라고?"

하면서 왕씨네의 목소리는 다시 고함으로 변했다. 다시 펼쳐진 나

53

분의 손바닥에서 머리핀을 나꿔채려고 손을 뻗었다가 도로 떨궈버렸다.

"빨리 내놓치 않을래?"

왕씨네는 이미 참을대로 참았다면서 더는 견디지 못하겠다면서 포효하려고 들었다.

"목소리 낮춰요. 줄 수는 있어요. 하나만 다짐해요."

"뭔데?"

"저한테서 받았다는 거 비밀로 해줘요."

"알았어."

왕씨네는 고분고분 해졌다.

나분은 바르르 떨리는 손바닥을 왕씨네 턱밑으로 내밀었다.

내가 준 게 아니야. 쑈홍 엄마가 빼앗아간 거야. 라고 변명하듯 속으로 중얼댔다.

머리핀이 나분의 손바닥에서 떨어져가는 순간,

나분의 마음 깊고 깊은 곳에서는 미세한 탄식이 빠져나갔다.

나비야

&

"… 쉬고 싶었어요. 그리고 꼭 갈게요."

딸 혜인이와 길게 통화를 하고나서 아내는 나와 통화를 끝낼 무렵이면 잠깐 머뭇대다가 속삭였다. 늘 그렇게 미안해하면서. 그러면 나는 견디면서 잘 있어 라고 그녀에게 말했지만 견디기 힘들어, 이젠 숨막혀, 라고 바락바락 고함이라도 지르고 싶은 걸 겨우 참아내군 하였다.

정육점이 생겼어요 라고 하던 그날부터 나는 정육점 남자를 자꾸 떨쳐버릴 수 없었다. 수술복같이 깨끗한 유니폼을 입은 칼을 든 정육점 남자, 정육점으로 한번 방문 해볼까 하는 생각도 없지 않았지만 이내 포기해야 했고 아내에 대한 불신이 싹트기 시작하는 자신을 질책하였다. 취재차로 우연히 그 동네를 스쳐가야 될 때면 정육점 간판도 보기 두려워져서 눈길을 앞차의 왼쪽 깜박이등에 고정시키군 하였다. 아내가 직접 들려주는 진실한 이야기를 기다려야만 했다.

"한번 만나주시겠습니까?"

그날은 일년전 취재를 했던 방태범씨가 문득 전화가 걸려왔고 그를 만나려고 택시에 앉아 정육점을 스쳐지나는 무렵에 전화벨이 울렸다. 액정 화면에 떠있는 건 한국전화번호였지만 아내의 것은 아니었다.

전화를 받았다.

한국 국적을 가진 외숙모, 그러니까 한국사람인 외숙모였다. 그동안의 안부를 서로 물었고 가내 친척들의 상황들도 서로 오갔다. 외숙모는 외조카댁이 한국에 온지 일년이 다 되어가도록 연락 한번 없다면서, 이제야 알았다면서 아내의 연락처를 알려달라고 하셨다. 애 엄마한테 연락하라고 할게요 하면서 통화를 슬슬 마무리하려다가 나는 문득 외가집 동네 희경이네를 물었다. 의외라는 듯 외숙모가 잠깐 침묵하면서 기억을 떠오리는 듯하였다.

그래, 있었지. 그 오리집 말이다. 그때 그 난리 굿을 하고나서 야반도주를 했지. 지금은 어디서 어떻게 살고 있는지 통 소식이 있어야 말이지. 지금 생각해도 가슴이 벌렁거린다야. 희경이라 했지. 그 집 여편네도 모질기도 했지. 오리부업 망했다고 자기 목숨줄 허망 졸라맬 수가 있다니. 하긴 그 빚더미도 빚더미겠지만. 아들 이름이 뭐였더라. 잠깐, 희경이... 아 그렇지. 희수. 그래, 그 집 아들 이름이 희수였지. 듬직한 애였었지. 개가 절대 그럴 애가 아니었는데 말이다. 강간이란게 당치도 않은데 말이야. 요귀같이 화장하고 다니던 그 가스나, 왕가네 딸내미 하나 땜에 인생 망친거지. 되놈의 가스나 하나 땜에. 왕가네 그 딸내미 꼬리를 쳤거나 아니면 바가지를 엎어 버린거야. 미성년자 성폭행, 말도 안되는 소리였지. 아들 땜에 속 새까맣게 태웠던 참에 오리부업도 망했겠다… 인생 살다 그런 험한 꼴 당하다니. 억울하게 감옥 들어간 아들은 어쩌고, 남편은 어쩌고, 그

딸내미는 또 어쩌고. 혼자서 그렇게 달랑 가버릴 수가. 그러고 나서
그 집 남정네가 희경이 개를 델꼬 밤중에 사라져버린게지. 그때는
겨울이 춥기도 추웠는데. 왜 그렇게 추웠는지 몰라…

&

나비가 되려고요.

어떤 나비요?

무거운 나비로요.

나비들은 다 할랑할랑 하거든요.

무겁다면 날개짓을 말하겠지 싶습니다.

어울리는 무거운 나비로 새겨줘요.

흰나비, 들어서는 순간 흰나비이었거든요.

이른 봄에 집안에 날아들면 그 집에 초상을 낸다는 흰 나비요?

생각보다 관념적이시네요. 여기 오시는 손님 답지 않습니다.

나비에는 종류가 많다고 들었어요.

나방, 꼬리명주나비, 긴꼬리제비나비, 나비목, 팔랑나비, 모르포나비, 남방제비나비, 멋쟁이나비, 청띠제비나비, 줄점팔랑나비 등등.

모르포나비로 합시다.

모르포나비.

남자는 여자의 배꼽 아래에서 다리가 시작되는 그 사이의 주름진 부분에 유성펜으로 밑그림을 그리지 않고 바로 바늘로 나비를 새기기 시작한다.

  여자는 콕콕 쏘는 열락을 느끼면서 나비를 본다.

  모르포나비야.

2.잃어버린 순간들의 모자이크

&

조금만 더 기다려보자.

그녀는 소리가 들릴 정도로 혼잣말을 하면서 창을 바라보았다. 언젠가는 달이 창에 걸리겠지 하면서 그녀는 침대 등받이에 몸을 반쯤 기대였다.

묵직한 어둠에 눌리운 창 밖의 고요.

겹겹이 주름을 잡은 카텐의 우울.

반쯤 읽다가 엎어둔 뮤지션 지미 헨드릭스의 자서전의 책등이 밝히는 흰색.

소리를 죽이고 무심히 뼈가루의 빛만큼이나 강렬한 책등의 흰빛을 내려다보는 축음기의 나팔.

덮고 있는 담요가 만들어내는 밤바다 파도의 물결.

편안한 어둠을 보면서 그녀는 잠에 굴복하고 말았다. 안온한 잠속으로 빠져 들면서 행복하게 죽어가는 생의 종말이 바로 이런 거야 하고 잠의 서곡에 리듬을 덧붙이었다. 그녀는 자신의 손을 꿈속에서 보기 위한 시도를 자꾸 해보았지만 뜻대로 되지 않았다. 모든 꿈이

현실이 될 필요는 없다, 가끔 꿈이라는 태양을 현실로 캄캄하게 가리고 만다는 생각을 하면서 싱거우리만치 자기 위안을 한다.

그녀는 떨어지는 꽃잎을 본다. 한잎, 두잎 떨어지다가 무더기로 휘날리며 꽃비로 내리는 꽃잎을 본다. 아프다. 가슴이 아파. 꽃잎이 내리누르는 무거운 중력에 심장의 주름살이 깊어진다. 꽃잎은 분명 죽은 자의 몸 위에 내려앉는다. 대체 누구지? 죽은 자가? 그러다가 팔을 관통하는 통증에 소스라쳐 놀라 깨었다. 하지만 그녀는 침착하게 대체한다. 오랫동안 머리에 눌리운 오른쪽 팔을 주물렀다. 팔의 저림이 풀려가는 열락을 느끼며 유리창 근처에서 번쩍이는 번개를 보았다. 이윽고 묵직한 천둥소리가 나고 무섭게 비가 쏟아졌다. 그냥 폭우일 뿐이야. 그녀는 다시 중얼거렸다. 그녀는 요즘 혼자하는 중얼거림도 소리가 들릴 정도로 하는 습관이 있다는 걸 느낀다. 오랫동안 폭우소리를 듣고 그녀는 누워있었다.

그녀의 몸은 한결 가벼워졌다. 목구멍이 타는 듯한 갈증을 느끼면서 자리에서 일어났다. 거실을 거쳐 주방의 냉장고 문을 열고 차거운 물병을 손에 쥐었다. 유리컵에 찬물을 잔뜩 부어서는 꿀럭꿀럭 마셨다. 냉장고 문을 열어둔 채로. 냉장고 안쪽의 불그스럼한 불빛은 한기를 싣고 너울쳤다.

아직 아침이 오지 않았다.

혜인의 방문은 굳게 닫겨있다.

서재의 문도 닫겨있다.

거실 티비다이의 서랍들도 닫겨있다.

현관의 신발장 문도 닫겨있다.

피아노도 커버에 덮여있다.

세자루의 우산은 묶여진 채 항아리 속에 있다.

모든 문은 깨닫는 자에게 열려지게 되어있다.

또 문득 혼잣말로 중얼거렸다.

폭우는 지나갔지만 비바람에 제멋대로 주방 창유리에 흩뿌려지는 가는 빗줄기를 보면서 홍수 재해지역으로 취재차 출타중인 남편이 오늘이면 돌아온다는 생각을 한다.

다시 침대로 가서 이미 깨어진 잠에 굳이 다시 요청장을 보낸다는 것은 괴로운 선택이라는 것을 그녀는 경험으로 알고 있기에 엎어진 지미 헨드릭스의 자서전에 엄지손가락을 끼워 넣어서 두손으로 받쳐들고 서재로 향했다. 잠들기 전보다 엷어진 어둠을 밟으면서. 서재라는 공간은 가족에게 외딴섬의 존재처럼 거기에 있다고 그녀도 남편의 생각을 인정해주기로 하였다. 혜인도 그녀도 그 외딴섬에는 별로 관심을 두지 않았다. 한 여자의 남편으로, 한 아이의 아빠로 살아가는 남자가 자신의 서재는 '경건하고 고요한 외도를 하는 외딴섬'이라고 꽤나 길게 이름을 지어버린 까닭일 수도 있었다.

남편은 새집으로 이사를 하기 전에 집안 벽면의 벽지와 타일, 소파의 사이즈와 질감, 티비가 걸리는 벽면 쪽의 조명, 현관에 놓이게 될 우산꽂이 항아리, 주방과 거실의 경계를 이루는 마름모꼴의 미닫이문, 베란다의 연두색 빨래건조대와 화분통 등등의 사소하지만 지극히 중요한 것들의 맞춤은 전적으로 그녀의 선택에 맡겼다. 단 서재를 꾸미는 데는 고집스러울만치의 열정을 쏟았다. 외딴섬의 분위기를 맞추려고 그랬었는지는 몰라도, 아니면 인테리어를 끝내고 나서 서재의 냄새가 외딴섬 같아 보여서 그렇게 이름을 지었는지 그 선후관계를 그녀로서는 알길이 없었다. 오른쪽 벽면 통째로 서점에서나 볼 수 있는 붙박이 책장을 천장높이까지 만들어 올렸고 옻칠을 올린 용도가 불분명한 나무사다리를 비스듬히 기대어 놓았다. 이

두가지를 제외하고는 테이블과 의자 두개 모두 벼룩시장에서 헐값으로 얻어온 사냥물이었다. 폭이 삼메터 되는, 서랍이 달리지 않은 철제다리에 투박한 원목의 나무판이 올려진 길다란 테이블, 테이블을 사이 두고 마주 앉은 의자 두개, 바닥을 장식하는 검정색의 타일, 그 타일 사이를 이어주는 백색의 넓은 금들, 언제고 테이블 위에 놓여져 있는 은색 빛의 노트북과 초록색 갓을 쓴 전등 등등의 장식은 너무 정직하다는 느낌을 주었다. 서랍이 달리지 않은 테이블을 가리키며 "비밀은 없다"고 말하면서 남편은 퍽그나 자족적인 미소를 그녀에게 보냈다. 그러던 남편이 거의 테이블 높이의 목제 수납장을 테이블 밑에 추가로 끼워 넣었다. 딱히 언제 그랬는지 시간적으로 모르겠지만 그녀로써는 별로 신경 쓰이는 부분이 아니었다.

봄철에, 아직 봄이라 하기에 애매한 겨울 끝자락에 묻어 있는 올해 봄에 서재의 창을 열고 환풍을 시키며 먼지털이를 하다가 수납장 서랍에서 발견된 일기장은 그녀를 남편의 서재로 자꾸 끌고 갔다.

죽은 자의 몸 위로 떨어지는 꽃잎에 눌리워 깬 새벽에 책을 들고 서재로 그녀는 발길을 옮긴다. 누가 보는 사람도 없는데 그녀의 손에는 서재로 들어가는 구실로 '지미 헨드릭스'가 쥐어져 있다. 손엔 껄렁하게 담배를 끼고 위스키를 홀짝거리는 지미 헨드릭스에게 욕을 보일 일이다.

그녀는 남편이 늘 앉는 의자 맞은편에 놓여져 있는 거의 사용되지 않는 의자에 앉아 전등의 불을 밝혔다. 나방이라도 초록색 스탠드 갓 주위에서 날아다녔으면 싶다는 생각을 했다.

전도유망한 기자이며 소설가라고 소개받은 청년을 만났던 그때 그 순간, 찻잔을 잡은 그녀의 손가락을 넋을 잃어버리고 쳐다보던 청년의 우울할 듯하면서도 예지력으로 빛나는 눈빛을 보면서 청년에게 이미 결박되었다고 생각했다.

세계문학의 고전으로부터 시작해서 가장 핫한 현시대 외국 소설가들의 엄밀하고 질긴 마음의 소리를 담고 있는 책들을 섭렵하고 있던 그녀, 국내문학의 소박함을 가장한 촌스러움과 민족적인 것이 세계적이라고 항변하는 소설들에 냉소를 보내고 있던 그녀, 한국어로 된 신문이나 잡지가 있기나 한가고 의심을 갖고 있던 그녀는 소설가라는 단순한 호기심에 소개팅을 덜컥 수락하고 말았던 것이다.

소위 소설가라고 자칭하는 무리들 중의 한 개체의 쇼 중의 쇼를 재미있게 볼 수 있겠다는 기대로 말이다.

"손가락이 이쁘네요. 그 손가락과 결혼할 수 있을 것 같아요."

소개팅이 끝나고 찻집에서 헤어지면서 등을 돌려서 다섯 번째 걸음을 옮기려는 찰나, 청년이 걸려온 전화의 목소리에 그녀는 그만 주저앉아 울어버릴 뻔했다. 고작 열 걸음 정도의 거리에서 등을 돌리고 서 있는 그녀와 청년, 휴대폰에서 울려오는 소리와 생목소리가 분별이 되지 않을 정도로 섞여서 들려오는, 간절함이 묻어 있는 청년의 중저음에 그녀는 폭삭하고 꺼져버릴 것만 같았다. 돌아보면 안돼, 몸을 돌려서는 안돼, 고개를 돌리지 말자. 그녀는 손아귀에서 빠져버릴 것 같은 휴대폰을 꼭 붙들고 서서 마음속으로 웨쳤다. 괜히 어떤 비밀이 공유된다는 수치를 넘어선, 누군가에 의해 밝혀지길 바랐던 비밀이 뜻하지 않게 드러난 안전감으로 그녀는 자신의 손가락이 보고 싶어졌다. 찻집의 유리창에 비낀 희끄무레한 그녀의 실루엣이 반사되는 햇빛 속에서 그녀의 머뭇거림을 단정하게 교정해주었다.

그녀는 수납장 서랍을 열고 활달한 필체로 "나비의 춤사위"라고 첫장을 장식한 일기장을 펼쳤다. 주저없이. 뻔뻔스럽게. 한올의 부끄러움도 없이. 초기에 느꼈던 남편에게로 향한 무모한 불신뢰와 미안함이라던가, 자신이 저지르고 있는 행위에 대한 유죄감이라던가, 자책감도 없이. 그녀는 일기장을 넘겼다. 낯선 이질감은 손끝에서 묻어나지 않았다. 불어오는 바람에 책의 페이지들이 기분 좋게 넘겨지 듯한 자연스러움이 있다. 그녀의 눈길은 무의식으로 향하는 그녀의 손길에 따라 펼쳐진 그 페이지에 머물게 된다.

&

　　좁다란 골목과 골목을 에돌고 에돌아가야만 하는 동네 공원, 시
소와 미끄럼틀과 녹쓴 운동기구가 자리잡은 구석자리에서 작은 숲
이 시작되는 입구에 공중전화부스의 크기의 삼면이 유리벽으로 둘
러싸인 작은 집 하나가 있다. 고마운 어떤 사람의 창의적인 사랑의
집이다. 길고양이 급식소. 배란기만 되면 악을 쓰고 울어대는 밤중
의 고양이의 울음소리 때문에 실면을 호소하는, 고양이의 배설물의
악취와 고양이의 몸털의 무자비한 침입으로 창문을 열 수 없다는 주
변 거주자들의 항의 전화로 철거 위기에 있는 급식소. 대낮에는 감
히 이웃들이 감시하는 눈길이 두려워 어스름히 끼는 저녁이면 공원
을 산책하는 것처럼 위장을 하고 급식소에 고양이 먹이를 작은 그릇
에 소복이 담아준다. 고맙게도 나 먼저 누군가 다녀간 흔적이 있다.
어둠 속에 웅크리고 앉아 기다리고 있을 고양이를 떠올리며 재빠르
게 급식소를 빠져나온다. 급식소에 다녀와서야 잠을 이룰 수 있다.
　　내 속죄의 길은 초라하다.
　　처음으로 그 일기장을 펼쳤을 때, 그녀는 감을 잡을 수 없었다.

68

남편의 숨겨둔 일기장은 절대 아니었으며 누군가에게서 부탁받은 앞으로 쓸 소설의 소재임을 그녀는 어림짐작했다.

신문사 사회부 기자인 남편에게는 넘쳐나는 타인의 이야기가 공짜로 제공된다는 것을 그녀는 알고 있었다. 취재를 다녀와서 남편은 타인의 이야기를 들려주었다. 생생하게 살아 숨쉬는 아름답지만 않은 슬픈 사연들에 막무가내의 분노를 섞으면서 그녀에게 들려주었다. 얼마 뒤, 그녀는 사회면을 도배하는 남편의 기사를 읽으며 묘한 배신감을 느꼈다. 그녀에게 들려주었던 이야기는 기사에서 찾아볼 수 없었다. 묘하게도 그녀에게 해주었던 이야기를 잡초를 뽑아내듯 솎아내서 진정성이 배제되어 있었다. 기차역에서 팔고 있는 삼류 잡지들의 살인과 외도, 복수와 강간, 단순한 탐욕의 파멸, 싸구려 동정을 살 수 있는 연민, 사회의 부패와 사랑의 호소 등을 뻔하게 기술하고 있었다. 그녀에게 들려준 부분적 이야기는 나중에 소설의 제재로 이용되고 있음을 그녀는 눈치챘다. 치사하게. 정말로 치사하게.

그 뒤로 그녀는 남편의 치사한 소설을 읽지 않았다. 책으로 묶여 나와도 거들떠도 보지 않았다. 그 부분에 대해서 남편도 의외로 다행으로 여기는 듯하였다. 자신의 머리 속을 해체하려고 덤벼들지 않는 그녀에 대한 고마움이었는지도 모른다. 살아가면서 상대의 공간으로 무단적인 침입을 하지 않는다는, 부부 사이에도 그런 간극쯤은 있어야 한다는 그들의 주장의 합일이었을지도 모른다.

그녀에게 일기장의 내력에 대하여 일언반구도 없음은 분명히 남편만이 소유하고 싶은 비밀의 구석이겠지 하면서도, 우연히 참으로 우연하게 펼쳐든 일기장은 그녀를 주체할길 없게 만들었다.

여섯권의 일기장, 어떤 소녀의 아름다우면서도 슬프고 섬뜩한 이야기에 홀려서 읽어내리면서 어데서 들어봤음직한 이야기였었다는 추론이 생기면서 그녀는 어떤 단서라도 알아내려고 소녀가 쓴, 환희라고 부르는 청년의 엄마로 된 여인의 일기를 또박또박 한글자 한글자 고심해서 읽었다. 희경이라고 부르는 소녀에 대한 분노와 그녀에게로 향한 질투, 방앗간집 소년에게 향한 연모의 정과 미움, 방앗간집 소년이 희경에게 선물한 나비머리핀은 소녀의 분노를 펄펄 끓게 하며 나중에는 희경의 오빠 초막의 담요 밑에서 획득한 또 하나의 나비머리핀으로 복수를 하는 소녀, 종낭에는 희경의 오빠를 억울하게 강간범으로 몰아가는 소녀, 희경이라는 소녀에게 퍼부은 저주는 신통방통하게 주술적인 힘을 입어 희경네 가족의 오리부업은 망하고 희경의 엄마는 자살로 끝나면서 한 가족은 파멸한다.

난해한 부호학처럼 일기장 페이지의 뒷면의 여백에 붙여져 있는 식물의 표본들은 생생한 삶의 기록들을 오히려 허구로 꾸며진 소설적 이야기처럼 비현실적으로 다가오게 하였다.

어떤 인기척이 느껴져 그녀가 고개를 들었을 때는 창밖의 아침해가 서재 창으로 흘러들고 있었다. 고개를 왼쪽으로 틀어 문 쪽을 보니 거기에는 혜인이 서 있었다.

거실에 깔려 있는 옅은 어둠을 뒤로하고. 엄마가 낯설어져서 못 견디겠다는, 서재의 문잡이를 잡았다 놓았다 머뭇대는 혜인이, 당금 울음이라도 터뜨리겠다고 고집하고 있는 혜인이. 그녀가 까닭없이 치밀어오르는 수치를 안깐힘을 다하여 필사적으로 떨쳐내며 혜인에게 말을 건네려고 할 무렵, 혜인은 벌써 문에서 사라져버렸다.

&

아침 식사는 불길한 음모가 발각되어버린 엄마의 창피함과 아무
것도 본 것 없음 하고 시치미 떼는 딸의 침묵 속에서 진행되었다.
혜인은 방학이었지만 영어학원의 수업시간을 핑계로 부리나케 집
을 빠져나갔고 그녀도 출발을 다그쳤다. 굳이 빨리 움직여야 할 필
요가 없었음에도 그녀는 허둥댔다. 얼굴 화장을 잊은 채 옷장에서
짙은 수박색의 바탕에 안개꽃이 다닥다닥 박혀있는, 무릎이 겨우 덮이
는 원피스를 골랐다가 관두고 물감이 빠진 엷은 청바지에 다리를 엇
바꾸어서 끼어넣었다. 살짝 겹쳐지려고 하는 뱃살을 누르며 단추를
채웠다. 아무래도 수면 부족인 까칠할 피부의 노출을 막기 위해서
는 청바지가 좋을 듯하였다. 위에는 팔꿈치를 드러낼 수 있는, 옆구
리에 주름을 넣어 허리의 라인을 살려주는 흰색 적삼을 입었다. 흘
러내리는 머리카락을 묶으려고 벨벳 머리끈을 찾아보았지만 화장대
서랍안에도 침대가 수납장 위에도 보이지 않았다. 잠깐 망설이다가
미색의 야구모자를 눌러썼다. 현관에서 운동화를 신고 천가방을 들
고 집을 나섰다. 집에 와서 가방을 뒤적였던 기억이 없다. 매일 같

71

은 궤적을 반복하는 일상이기에 가방에 보태고 빼고 할 번거로움이 없다는 걸 깨닫는다.

폭우가 쓸고 지난 아침의 거리다.

식당의 환풍기에서 뿜겨져 나오는 기름냄새.

하늘.

가지 꺾인 나무.

말끔하게 씻겨진 배수구.

오가는 행인들의 발걸음.

아크릴 간판의 윤나는 빛.

가로등 기둥에 부착되었던 무단광고지들의 물먹은 좌절.

빨래집게에 물려진 채로 쓰레기통 아구리에 반쯤 걸려있는,

뒤집혀진 축축한 남자 팬티에 찍힌 오줌의 흔적.

촐싹대는 애완견의 목에서 울리는 방울소리 딸랑딸랑.

번마다 느끼는 감정이다. 천지개벽이 일어날 듯, 온갖 재앙이 닥쳐 지구를, 사람사는 세상을 뒤죽박죽으로 만들어버릴 듯한 폭우였지만 아침에 일어나보면 멀쩡한 그대로이다. 누가 뭐래도 삶은 끈질기게 자기 방식대로 움직인다고 그녀는 생각했다. 운전을 포기하고 학원으로 가는 509번 뻐스를 기다리면서.

러시아워가 지난 시간대라 버스안은 띄엄띄엄 빈 좌석이 있었다. 그녀가 오르자 버스는 성급하게 움직였다. 그녀는 하차문과 제일 가까운 좌석의 창가에 앉았다. 열려진 차창으로 비온 뒤의 깨끗해진 공기가 버스의 이동에 따라 이는 바람으로 그녀의 야구모자에 눌리운 머리카락을 어깨너머로 쓸어갔다. 좁은 어깨와 얄팍한 등이 기분 좋게 간질거렸다.

햇빛은 투명하게 빛났다.

저런 햇빛 아래로 잃어버린 모든 것들이 스스로 제자리를 찾아가리라. 그녀는 햇빛 속에 오른손의 손가락 다섯개를 쫙 펼쳤다. 손가락들 사이에는 바람이 있고, 햇빛이 있고, 평화가 있고, 생명이 있고, 음악이 있고, 사랑이 있고, 모든 아름다움은 그 사이에서 너울치는 듯하였다.

"손가락은 나의 생명이다. 나의 음악이다. 나의 전부다"

그녀는 어떤 환청을 듣는다. 어떤 환청이 아니고 절친이었던 정아의 부르짖음이었다.

"뒈지려고 환장했나? 저 아줌마. 손 빼들지 말라니까."

뒈지긴, 환장하긴 하면서 중얼거리다가 그녀는 화뜰 놀라 손을 거두어들였다.

정아의 부르짖음, 그 환청은 기사님의 욕하는 소리를 잠간 압도하고 있었던 것이다. 기사님의 욕설도 정아가 보내오는 그 환청의 연장선 위의 음성으로 착각되면서 뒈지긴, 환장하긴 하고 아주 자연스럽게 뱉어낸 그녀의 혼잣말은 또렷하게 울려퍼졌다. 버스안의 승객 모두가 그녀에게로 머리를 돌렸다.

정말로 미쳤군, 미친 여자군하는 당혹스럽다는, 경멸스럽다는, 안스럽다는 눈동자들이 쏘아대는 눈빛은 그녀의 억울한 몸으로 가시가 되어 박혀왔다.

그녀는 채양을 끌어내리며 모자를 한껏 눌러썼다. 목적지까지 두 정거장 남겨두고 그녀는 끝내는 버스에서 내려버렸다. 쿡쿡 찔러대는 가시를 뽑아버려야 했다.

버스는 그녀를 헌 짐짝 버리듯 내려놓고 꽁무니 뺀다.

그녀는 버스의 바퀴를 향하여 뽑아낸 가시로 사격을 가한다.

쏭쏭.

73

버스의 바퀴가 바람이 빠지면서 납작해진다.

쉬이익. 픽. 덜커덕.

모든 승객이 내린다.

미치겠네.

승객들이 투덜댄다.

그녀 입가에 웃음이 대롱대롱 걸린다.

상상하는 것만으로도 즐거워진다.

미쳤나? 정말로.

하늘을 우러른다.

폭염이 이어질 징조다.

길가의 우거진 오동나무에 숨어있는 매미들이 맴맴 웃기 시작한다.

그녀도 그냥 웃자고 했을 뿐.

'푸른숲피아노' 간판이 눈에 들어오면서 그녀는 오전의 교습이 비어있음을 깨달았다. 차라리 잘 된 일이라고 생각한다. 방학이면 한가한 토요일과 일요일이다. 그녀의 학원은 동네 피아노학원과는 다른 한 차원 높은 고급학원이라고 부근에서 소문났다. 일대일의 레슨 과정을 밟는데 제한된 학원수에 질 높은 수업을 보장하기 위함이었다.

또한 까페 같은 피아노학원이었다.

일층은 책과 음악, 커피와 차, 음료와 간단한 간식을 곁들인 까페이고 이층은 레슨 교실이 두개가 있었다.

낮에는 학생 레슨의 교실이며 밤에는 성인 피아노 연습실로 이용되게 되어 있었다. 비좁은 공간이어서 일층 까페에는 피아노를 두지 못했다. 대신 책으로 벽면을 도배했다. 까페의 운영에 그녀는 거의 가담하지 않았다. 성실한 음대 아르바이트생 두 명이 관리해주었다. 아르바이트생들이 출근하자면 아직 시간이 남아있다.

네일샵으로 가서 손톱정리를 해볼까고 했다가 그녀는 그대로 눌러앉았다.

그녀는 앙증스러운 청자기 주전자안의 보리차가 우러나기를 기다렸다. 까페의 출입문에 'Open' 팻말을 뒤집어 걸어 놓고 안쪽으로 문을 잠갔다. 남향 벽면 전체가 통유리로 되어 있어 채광은 충족했기에 조명을 밝히지 않았다.

의자가 주는 안락함을 느끼며 자신의 몸에서 빠져나가는 숨소리에 집중하면서 눈을 잠간 감고 앉았다. 꿈에 나타났던 꽃잎을 다시 떠올려본다. 배꽃, 복숭아꽃, 살구꽃, 벚꽃, 별꽃, 팝콘, 불꽃… 꽃이라는 온갖 이미지와 꽃이라는 글자가 들어간 사물들이 어지럽게 머리 속에서 난무했다. 더불어 버스에서 환청으로 들려왔던 정아의 부르짖음도 되새기고 있었다.

&

정아, 정아에게는 예쁜 손가락이 있었다. 피아노는 정아의 손가락을 위하여 만들어진 악기라고 하면 다소 과장된 표현인 듯싶지만, 어쨌든 피아노에 어울리는 손가락으로 바이올린을 다루었다. 약간 앞쪽으로 동그라니 튀어나온 이마가 환히 보이게 머리를 올백으로 뒤로 빗어 묶은 정아, 쌍거풀의 커다란 놀란 듯한 두 눈에는 늘 미소가 헤프게 피어났던 정아, 음악과는 거리가 멀어 보이게 턱선은 다부지게 각을 이루었던 정아, 단단하고 반들반들하고 맵짠 양파 같았던 정아. 그런 정아에 비하면 그녀는 키가 멀쩡하게 큰 것 빼고는 몸의 구석구석마다에는 딱히 뭐라고 콕 짚어서 말할 수 없는, 뭔가가 결여되어 있다는 애매한 인상을 주는 소녀였다. 두 소녀는 어릴 때부터 각종 문예공연에서 자주 만났으며 나중에는 같은 중학교를 다니고 함께 또 같은 성소재지 음악 중등전문학교로 가게 되었다. 바이올린과 피아노의 가장 이상적인 궁합이었던 정아와 그녀였다.

"내 손가락이 내 눈을 찔러. 푹. 푹. 찌른단 말이야."

처절하게 울부짖던 정아를 떠올리며 그녀는 명치 끝으로 몰려오는 먹먹함에 손이 부들부들 떨려왔다. 그녀는 가까스로 청자기 주전자를 들고 찻잔에 보리차를 부었다. 차물로 말라버린 입술을 적셨다. 차 향이 코 끝에서 맴돌았다.

고개를 들어서 차창 밖을 보았다. 길 건너편 정육점의 불빛이 보인다. 다른 가게들과는 달리 쇼윈도의 가시범위가 좋은 정육점이다. 10개월전 떠들석한 오픈식도 없이 조용하게 입주되던 정육점은 삼일후 하늘이 준 선물로 신고식을 올렸었다.

번개의 번쩍 한번에 가게 앞의 오동나무가 쪼개져버렸으며 정육점은 유명세를 탔다. 때로는 고요한 침묵의 폭력은 치명적일수도 있었다. 그 침묵은 또한 예의 바른 폭력이기도 하였다. 무뚝뚝할 주인집 남자를 닮은 정육점 간판에는 주홍색의 해서체 "肉店"이 아크릴판에 불친절하게 적혀있었다. 그녀는 팔짱을 끼고 레슨 받는 학원생의 손기락 놀림을 지켜보다가 간혹씩 맞은편 정육점을 내려다 보군 하였다.

불그스름한 조명등 아래로는 내장을 빼고 반으로 가른 돼지의 몸체가 갈비뼈를 보여주면서 유리창쪽으로 갈구리에 걸려있었다. 정육점다운 쇼윈도였다. 수술복 같이 흰 유니폼을 입고 있는 주인 남자는 하루 종일 바쁜듯하였다. 아침에 걸렸던 반토막의 돼지 몸체는 오후가 되면 사라져버렸다. 아마도 그 남자의 날렵한 칼솜씨에 등심, 목살, 갈매기살, 삼겹살, 갈비 뭐 이런 식으로 해체가 되어 동네 아줌마들의 시장바구니에 담겨져 나가겠지 생각했다. 그렇게 잠깐 쇼윈도는 비워지고 그 뒤로는 고기를 발라낸 소의 다리뼈랑, 돼지족발을 차곡차곡 철사에 포개서 매달아 놓기도 하였다.

그녀는 맞은편 정육점에 한번도 들린적 없다. 굳이 뭐 육식이냐 채식이냐 하면서 주의라는 거창한 말까지 동원하여 유난을 떠는 식습성은 아니었지만 정육점 남자와 상대하기 싫었다. 만난 적은 있지만 정육점 남자라는 것을 모르는 상태에서였다. 솔직히 그녀는 정육점 남자와의 조우를 두려워했다. 두려워 하면서도 금기가 주는 유혹을 떨치지 못하고 숨어서 은밀하게 관찰하였다.

가파로운 절벽 언저리에 통행이 금지된 협곡으로 위태롭게 향하면서 위험하지만 숨막히게 아름다운 절경이 있을거라는 기대 비슷한 것도 있었다. 번개 사건이 있은 후부터 정육점 남자에 대한 소문은 가게들 사이에 전해지기 시작했다. 거의 신비로움을 넘어선 신화적으로 말이다. 정육점 남자의 절단된 새끼손가락과 오동나무의 벼락사건은 묘하게 겹쳐지면서. 처음에는 작업오류로 절육기에 새끼손가락이 절단되었다는 단순 작업상해라는 소문이 떠돌더니 어느날부터는 암으로 돌아간 안해를 잊기 위해 스스로 잘라냈다고 했으며 언제부터는 또 길고양이의 꼬리를 내리찍는다는게 자기 새끼손가락을 자르게 되었으며 그 이야기는 살에 살에 붙으면서 정육점 남자가 잘려나간 새끼손가락을 아예 지나가는 길고양이의 먹이로 던져주었다는데까지 이어갔다.

그리스신화도 아니고. 번개가 하필이면 정육점 앞의 오동나무를 목표물로 했겠는가 하는 치밀한 연관성을 연상시키게 하였다. 소문은 소문대로 정육점은 호황이다.

올해 봄 혜인의 생일 그 다음날에 그녀는 문득 남편에게 여기가 아닌 다른데로 가서 살자고 제안했었다. 하지만 남편은 변덕 많은 중년여인의 정서파동 정도로 치부해버리고 이유가 뭐냐고도 묻지 않았다. 레슨교실에서 정육점을 내려다보며 그녀는 알수 없는 어떤 소용돌이가 서서히 번진다는 불안을 느꼈던가 보다.

&

휴대폰 벨이 울렸다. 남편이였다.

"그쪽은 괜찮아?"

"뭐가요?"

"물."

"당신도 알면서도 칫. 여기야 괜찮지요. 어때요? 그쪽은?"

"난리도 이런 난리 어딨다냐? 집에 다 갔어. 산물이 터져 내려오
면서 다리를 밀어버렸어."

"허억."

"그 다리 말이지. 2년전 완공된거란 말이야. 부실공사로 또 시끄
러워질거야."

"사회부 기자가 아니랄까봐. 물난리에 부실공사에 대한 걱정이
라니. 예민한 엽견의 후각."

"집에도 갈수 없는 불쌍한 내 처지가 개코같은 거지."

"쉿. 목소리 낮춰요. 누가 들을라."

"집에도 돌아갈 수 없겠다… 여기서 강림촌까지 가까워. 거기나

79

들러봐야겠어."

"강림촌?"

"외가집이 있었던 동네."

"방앗간집 외가집요?"

"…. 응. 그래."

"…"

"…"

"길이 뚫리면 다시 연락할게. 잘 있고."

남편은 서둘러 전화를 끊었다.

"방.아.간.집."

음절 하나씩을 되풀이하는 그녀의 음계는 미세한 떨림으로부터 단호한 웨침으로 치솟았다.

자신의 입에서 부지불식간 튀어져 나온 방.아.간.집. 에 그녀 스스로 놀래버렸다. 꼬불꼬불 돌아가던 그녀의 정신회로는 갑자기 일직선으로 느슨하게 풀려지더니 다시 팽팽하게 조여지더니 거침없는 질주를 했다.

일기장의 주인은 나분이다.

방앗간집 소년은 연수다.

연수를 사이에 둔 나분과 희경의 질투가 한 가족을 파멸로 이끈다.

연수는 남편이다.

남편이 떠들어댔던 첫사랑의 소녀가 나분이다.

&

그녀는 남편에게 부메랑으로 돌아온 지극히 사소한 나비머리핀의 음영의 농도와 자신이 잃어버리려고 했던 순간들의 재생과 그 외의 모든 것을 감당해야 하는 무게의 질감에 휘청했다.

분홍빛 하늘을 혈관처럼 쩍쩍 가르던 가을날의 번개를 떠올렸다. 오동나무를 쓰러뜨리던 그 번개를. 휴대폰의 벨이 또 울렸다. 우뢰의 괴성에 질겁이라도 하듯 그녀는 흠칫 놀랐다. 압도적인 정적으로 자신으로 매몰차게 몰아갔기 때문이었다.

"영하야."

그녀는 모든 힘을 부리우고난 목소리로 휴대폰에 응답했다. 휴대폰 그쪽은 쉭쉭 바람 빠지는 소리가 들릴 뿐 소년의 목소리는 들리지 않았다.

"알지? 오후 한시에 레슨 있는 거."

그녀는 재차 통화를 시도했다. 그래도 휴대폰은 입을 열지 않았다.

"그럼 오후에 만나."

하고 그녀가 통화종료를 누르려는데 휴대폰 저쪽에서 다급하게 부르는 소리가 들렸다.

"선생님."

오랜만의 우유부단을 거친 단호한 소년의 카랑카랑한 목소리였다.

"어. 그래. 영하야."

별일 아닌듯 하지만 상대의 이름을 자꾸 불러주는 것도 소통을 이어가는 방법중의 하나라는 것을 그녀는 알고 있었다.

"선생님의 도움이 필요해요. 지금."

소년다운 당돌함을 찾아갔다.

"도움? 뭔지 말해봐. 영하야."

그녀는 목소리에 힘을 실었다.

"일단은 오셔야 돼요. 저에게로."

흔들리는 기색이 있었다.

"오후에 만나서…"

하고 그녀가 말을 이으려는데 휴대폰 저쪽에서는 겁에 질려서 아악 악 하는 소년의 비명이 들렸다.

"영하야. 영하야."

소년에게서 뭔 일이 벌어지고 있는게 틀림없었다. 어찌나 다급하고 크게 웨쳤는지 그녀의 목소리가 갈렸다. 일초. 이초. 삼초. 사초. 오초. 단 오초간의 지루한 기다림의 시간에 그녀가 서있는 까페라는 무대의 소도구들이 슬로모션으로 그녀의 눈앞을 스쳤다. 시침이 빠져나간 벽시계, 고집스런 나침판, 한국 여행길에서 사온 포항 호미곶의 해돋이 손, 패티 스미스의 초상화, 박제비둘기의 유리알 눈알.

"저에게로 와주실 수 없어요?"

소년의 애원이 드디어 들려왔다.

"알았어. 알았으니까. 어덴지만 말해. 빨리."

그녀의 긴장은 고조되었다.

"학원의 뒤쪽… 아파트단지 뒤쪽… 건축현장…"

그러더니 휴대폰이 끊겼다. 통화버튼을 다시 터치해도 휴대폰은 이미 정지상태였다. 그녀는 혼란스러운 이 상황을 침착하게 대체할 수 없어서 까페내에서 맴돌았다. 소년의 위치를 파악해야 되는데 방향감각이 둔한 그녀로서는 도무지 알수 없었다. 일단은 학원 뒤쪽 방향이라고 했으니 나가야 한다는 생각 뿐. 그녀는 천가방을 들고 까페를 나섰다.

소년이 그녀의 "푸른숲"으로 들어선 것은 지난해 초겨울의 푸근한 날이었다. 썩 어렸을 때는 굉장한 짱구였었을 것 같은, 전체 몸의 균형을 깨는, 머리가 좀 큰 소년이었다. 그녀에게로 레슨을 받으러 오는 학생들은 세상에 널리 알려질 피아니스트로 키워내겠다는 부모님들의 욕망에 끌려 오는 아이들, 피아노가 괜히 좋아지는 아이들, 돈 꽤나 있는 집안의 있어 보이려는 허영심에 떠밀려 오는 아이들, 대충 이런저런 부류였다.

"푸른숲"은 동네 피아노학원의 떠들석한 학생떼를 볼 수 없었다. 다들 조용하게 왔다가 조용히 나갔다. 정숙 그 자체였다. 피아노를 배우는 동기야 어찌 되었든 학원생들은 이 도시의 중산층 이상의 가족의 아이들이었다.

초겨울이었지만 이 겨울이 다 갈때면 지퍼 잠그기가 힘들어질 것 같은 검정색 등산복을 입고 있던 소년에게는 따뜻한 배려가 빠져있었다. 처음으로 소년을 보면서 그녀는 "푸른숲" 속의 외로운 새 한 마리를 피끗 떠올려보았다. 소년을 데리고 들어선 남자도 저녁이면 피곤을 끌며 세상을 향한 불만을 빈 호주머니, 빈 지갑에 채워넣으며 억센척 하며 집으로 들어서는 아빠들 중의 한 아빠일 것 같았다. 자식의 미래에 불투명하지만 한 번쯤은 자기의 꿈을 기대봐야 되겠다는 절박함도 없어보였다. 그 남자는 무뚝뚝했고 그녀에게 요소요소 따져묻지도 않았으며 알아서 맡아달라는 막무가내가 있었을 뿐이었다.

피아노를 배웠다기에 일단은 소년을 피아노 앞에 앉혔다. 소년은 피아노의 까만 건반을 만지작거리더니 베토벤 비창 2악장을 연주했다. 소년이 들려주는 정확한 음정과 박자는 피아노와 함께 한 시간이 오래되었음을 알려주었다. 그녀는 소년보다 소년의 아빠에게 신경이 쓰였다. 소년이 피아노를 연주하는 동안에도 남자에게서는 아무런 동정도 느낄수 없었다. 하다 못해 소년의 뒤통수라도 쳐다봐야 되는데 남자는 줄곧 레슨 교실의 벽면에 걸려있는 노트북 크기의 까만색 흑판에 낙서된 분필의 흔적을 무심하게 보고 있을 뿐이었다. 이렇게 정육점 남자는 소년의 아빠로 불친절하게 그녀에게 왔다.

썩 후에야 소년은 아빠가 맞은편의 정육점 주인이라고 했었다. 그렇게 딱 한번 그녀는 정육점 남자를 만났었다. 오른손을 바지 주머니에 찌르고 왼손으로 소년의 손을 잡고 레슨 교실을 빠져나가던 남자는 잠깐 복도에서 주춤하고 섰었다.

"아빠, 여기가 거대한 피아노 같습니다. 그렇지요?"

소년이 복도의 천장을 올려다보며 아빠에게 말했다. 이층 복도의 벽면과 문들은 새하얀 색상을 올렸으며 윗 천장은 검정색의 피아노 건반 모양으로 굴곡을 만들고 그 사이사이에는 납작한 달모양의 전등을 맞추었기 때문이었다. "음." 하고 남자는 신음 비슷한 음성으로 소년에게 화답하고는 학원을 떠났다. 그 뒤로 정육점 남자는 다시 오지 않았으며 소년은 성실하게 꼬박꼬박 레슨 받으러 왔으며 그녀에게 잘 보이려고 애썼다.

하지만 소년의 연주는 단순하게 손가락으로 완성되었다.

소리에는 생명이 없었다.

그녀는 가끔씩 소년에게 이렇게 속삭이듯 말했다.

과학적이고 수학적으로 만들어진 기계를 보면 우리 사람들의 머리에 탄복하게 되는 거지. 그것의 정밀함, 확실성, 논리성에 말이지. 하지만 머리로 만들어진 걸 손으로 머리로 계산해서 다루어서는 완되지. 이 피아노라는 기계를 말이다. 다시 말해서 소리에는 영혼이 있으며 생명이 있다는 거야. 딱딱한 수학을 해서는 안되지. 손가락만이 아닌 온몸으로, 모든 영혼을 담아 피아노를 다루어야 해. 감성이 중요하지. 그리고 니가 좋아하는 음악을 휴대폰 벨소리로 하지 마. 더우기 알람 음악으로는 절대 금지야. 생각해봐. 그 곡이 아침의 팡파레가 된다고 생각해봐. 기분좋아? 더러워, 시켜서 하는 기분이란. 한없이 미워지던 기억이 그 음악의 전부가 될 수 있을지도 모르지. 샤워를 하면서 노래를 불러봐. 라디오의 음악에 맞추어 춤을 추어봐. 예술은 수학이 아니며 과학도 아니야.

그러면 소년은 억울하다는 까만 눈동자로 그를 똑바로 쳐다보았다. 봄이 되어 겨울 동안 레슨교실은 효과 좋은 스팀의 열기로 공기가 내내 건조해져서 피아노는 조율을 해야만 했다.

조율사가 방문할거라는 말을 듣고나서 소년은 집으로 돌아가지 않았다. 조율사가 와서 피아노를 해체하는 과정을 소년은 유심히 관찰하였다. 피아노의 내부를 보면서 소년은 우와 우와 하며 감탄을 연발했다. 조율사 총각이 소년을 향하여 혀끝으로 천장을 부짖히며 소리를 냈다. 뜨락뜨락. 소년의 이마는 웃음 때문에 윤이 났다. 반딱

반짝. 그런 소년을 보면서 그녀는 소년에게 피아노 조율사가 되어보는 게 어떠냐고 물을뻔하였다.

황급히 학원을 나오면서 그녀는 야구모자를 눌러썼다. 피끗 정육점 쇼윈도에서 정육점 남자의 유니폼이 언뜻 하는 모습이 스치더니 이내 사라졌다. 그녀는 주춤하고 섰다가 발길을 재촉했다. 소년의 말대로 그녀는 학원 뒤쪽의 아파트 단지로 발길을 옮겼다.

그녀의 이 발길이 없었다면 그녀는 가능하게 아무일도 없었던듯 평범한 삶을 살아갔을 것이다. 소년이 전화 했을 때, 그녀의 휴대폰이 배터리가 빠져버렸다면 그녀는 가능하게 자신의 아픔을 품고 때로는 꺼내보고는 다시 깊숙이 감추고 별일 없었던 듯 살아갔을 것이다. 그녀가 매몰차게 소년의 부탁을 거절했다면 가능하게 그녀의 삶은 또다른 행로를 타고 전진했을지도 모른다.

가능성. 살면서 지난 세월을 떠올리며 그때 그 순간을 후회하면서 가능성이 있었을 오늘을 생각하게 된다. 가능하게. 하지만 미래의 가능성에는 두려워하며 그것의 존재에도 의심을 가지게도 된다. 가능하게.

폭우 뒤의 폭염은 무자비했다. 그녀는 연신 등줄기로 배어져나오는 땀 때문에 자꾸 손끝으로 등쪽의 흰 적삼을 들어다 놓았다 했다. 걸치적거리기는 청바지 자락도 마찬가지였다. 아파트 단지내의 나무숲과 화단을 에돌며 후문쪽으로 향하면서 터질것만 같은 젖가슴을 감싼 브래지어가 짜증스러웠다. 고인물을 피하려다가 그녀는 화단밖으로 목이 꺾어져 떨어진 접시꽃을 밟았다. 그녀의 운동화 밑에 깔려 짓뭉겨진 자주빛 접시꽃잎, 적라라하게 하얗게 돌출되었던 접시꽃의 꽃술을 보면서 그녀는 어슴프레 폭염 뒤에 따를 폭우을 예상하고 있었다. 이 꽃이였나? 하며 꿈에서 보았던 꽃을 잠깐 떠올렸다. 그녀로서는 아파트 단지 뒤쪽에 건축현장이 있는지도 몰랐지만 일단은 뒤쪽이라고 했으니 후문으로 일단 가보아야 했다. 후문쪽으로 가까워지면서 그녀는 그쪽에는 남루한 단층집들이 모여있었다는 기억을 떠올렸다.

화려한 도시에 가려진 그늘, 나름대로 그 그늘의 빈곤과 맞서며 어쩔수 없이 즐거운 듯 살아가야 하는 사람들의 이야기를, 보기에도 딱하게 누덕이처럼 덕지덕지 달고 있던 단층집들은 밀려가버렸었다. 그 자리에는 새 아파트 단지가 들어서고 있었다. 공사현장을 에워싼 파란색 양철판에 붙여진 새 아파트의 효과도가 그것을 말해주었다. 그녀는 공사현장으로 진입할 입구를 찾아 헤맸다.

길은 언제나 있는 법이였으며 그녀가 다른 삶으로 걸어갈 입구도 그녀를 기다리고 있었다. 벌어진 양철판 사이로는 충분하게 어른이 드나들수 있을만큼한 공간이 열려있었다.

그 공간으로 발을 내딛고 거침없이 몸까지 건늘 찰나까지는 두려움이란걸 아예 느끼지 못했지만 그녀는 다른 행성에라도 온 것 같은 착각에 빠지면서 후회하였다. 때는 이미 늦었으며 그녀는 다시 소년의 안전이 걱정스러웠다.

조각난 벽돌과 돌멩이와 모래언덕.

썩어가는 나무토막과 잡초.

건축자재와 사람과 동물의 배설물.

들끓는 파리떼들의 축제.

그녀는 한낮의 해볕 아래에서 돋는 소름을 느끼며 공사중인 3층의 엉성한 골격을 갖춘 건물로 접근하였다. 무덤과도 같은 적요에는 그녀의 발걸음소리만 들릴뿐이다. "묘우"하는 소리에 그녀는 휘청하며 넘어질듯하였다. 그녀의 몸 뒤로부터 검은 고양이 한마리가 바람처럼 스치더니 건물 위쪽으로 빠르게 타고 올라갔다. 그리고 이내 사라져버렸다.

그녀의 몸 깊숙한데서 부터 일순간 치밀어오르는 공포는 온몸에 한기로 치직 퍼져나갔다. 뇌속은 오히려 청량해지는듯하였다. 고양이가 사라지는 쪽에서 그녀는 피끗 사람의 형체를 보았다. 조그마한. 직감은 그녀에게 그것은 소년이다 라고 말해주었다.

안전그물망밑으로 머리를 숙이고 들어간 그녀는 건물의 입구로 들어갔다. 겁은 이미 사라진 뒤였다. 난간이 미완성인 세면트 계단을 조심스레 타고 올랐다. 미완의 건축은 그 자체의 예술적 매력이 있었다. 그녀는 이층의 계단이 끝나는 곳에서 잠깐 호흡을 가다듬고 뚫려진 입구에 들어섰다.

소년은 벽쪽의 짙은 그늘쪽에 쪼크리고 앉아있었다. 박스종이를 깔고서. "영하야." 하면서 그녀는 소년쪽으로 뛰여가려고 하다가 뚝 멈추어버렸다. 소년의 옆에는 검은 고양이가 두눈을 밝히고 그녀를 당당하게 바라보고 있었다. 소년에게도 고양이에게도 함부로 가까이해서는 안되는 아우라가 있었다. 그녀는 이러지도 저러지도 못하고 뭔가는 말을 해야 되는데 혀끝이 말을 들어주지 않았다. 바닥에는 창 바깥의 안전그물망이 만드는 빗사각형의 도안이 그려져 있었다. 세사람, 세사람은 그렇게 그 도안을 묵묵히 보고있었다. 소년을 닮은 검은 고양이도 분명히 사람으로 보였다.

"영하야, 일어서. 일단은 여기서 먼저 나가자."

그녀는 소년에게로 다가가며 속삭이듯 말했다.

"가까이 오지 마세요. 거기에 있어도 소리는 들려요."

소년이 말했다.

고양이가 몸을 게으르게 일으켰다. 고양이는 소년의 얼굴을 쳐다

보고는 창으로 느릿하게 걸어갔다. 가볍게 몸을 날려 창턱으로 뛰어
오르더니 모습을 감추었다. 그녀는 꼬리가 잘려간 고양이의 엉덩이
를 보고야 말았다. 흡.

"사람이 싫어졌어요."

소년은 거의 절망적으로 신음 비슷하게 뱉어냈다.

"싫어? 싫어질 때도 가끔 있게 되는거야. 잠깐일 뿐이야."

그녀는 소년의 기분에 따르기로 했다. 하지만 목소리의 파열음은
온전치 못했다.

"그 잠깐이 수시로 나를 따를거예요."

소년이 말했다.

"이겨내면서 버티면서 살아가야 하는거 아니겠어?"

그녀는 소년의 조숙한 사춘기의 징조를 보고 있었다.

소년은 고집스럽게 지켜내려고 했던 남자라는 자존심을 허물면서
머리를 두 다리 사이에 끼워넣고는 울기 시작했다. 소리내서 큭흑.
자그마한 슬픔의 덩어리는 격렬하게 떨었다. 그녀는 소년에게 다가
갔다. 쪼크리고 소년과 마주 앉았다. 누군가에 기대고 싶었던 자신
의 어떤 밤을 떠올리면서. 슬픔은 만져주어서 위안되지 않는다. 스
스로의 치유가 필요하다. 그녀는 슬픔의 덩어리가 자체로 떨림을 그
만하기를 기다려 주어야만 했다. 한참을 기다려주니 소년은 머리를
들고 고개를 구석쪽으로 틀었다.

"조율사 삼촌이 금방 떠났어요. 여기서."

"그래? 그 조율사 삼촌이랑 만났어?"

그녀는 학원으로 정기적으로 방문했던 조율사 청년의 우유빛깔
얼굴을 떠올렸다.

"그 삼촌 선생님을 좋아하고 있어요."

"… 나를? … 조율사가?..."

그녀는 그녀를 빼돌리고 그녀를 둘러싼 이야기의 전개에 긴장되었다.

"삼촌이 묻더군요. 선생님을 좋아하냐구. 아니라고 했는데요. 그러니까 선생님이 절 좋아한다고 그랬어요. 자기가 좋아하는 사람에게서 떨어지라고 삼촌이 그랬어요."

소년은 되찾은 안전감으로 그녀에게 말했다. 타인을 통해서 얻어듣는 거랑과는 다른, 직접 이렇게 면전을 하고 듣는 불편함으로 그녀는 말을 잃고 소년을 직시할수 없었다. 다리가 저려왔다. 뭔가를 해야만 그 불편함을 이겨낼것 같았다. 그녀는 박스종이를 끌어다 소년과 일메터 정도의 거리를 두고 앉았다. 그늘 밖으로. 부질없이 두 손으로 다리를 주물었다.

"삼촌… 그 개자식이 절 여기 나오라고 했어요."

소년이 악다구니를 쓰듯 웨쳐대면서 또 다시 울기 시작했다. 주체할길 없는 분노로 맹렬하게 어깨를 다시 들썩거렸다. 그녀는 소년과의 간격을 좁혀 소년의 어깨에 손을 얹을려고 하다가 그만뒀다.

"개새끼. 개새끼. 개새끼. 개새끼…"

소년이 허공에 대고 목청껏 웨치다보니 갈수록 목소리는 갈려갔다. 그렇게 소년의 저주는 반복되어 갔으며 그 저주는 시간이 지나면서 힘이 빠져갔다.

봄에 학원으로 방문한 조율사 청년을 소년은 피아노 레슨 교실에서 한번 만나고는 청년과 자주 만났다고 한다. 청년의 악기점으로 가서 악기들을 맘껏 구경하였으며 청년이 사주는 음료수도 라툐우(辣条)도 맛있게 먹었단다. 초기의 악기들에 대한 호기심이 시들어 갈 즈음에 소년에게 악기점으로 가야만 하는 이유가 또 있었단다. 마음껏 컴퓨터 게임을 놀수 있었기 때문이란다. 청년의 무릎 위에 걸터 앉아 게임을 함께 하기도 하였단다. 소년의 엉덩이로 청년의 바지섶속에서 딱딱하게 굳어져 가는 성기의 튕김이 전해졌으며 청년의 왼손은 소년의 바지섶을 쓸었다고 한다. 컴퓨터 게임의 스릴과 창피하면서도 빳빳하게 일어서는 욕망, 그 욕망을 차마 밀어낼 수 없었으며 은밀히 즐기면서 놀랍게도 기대되었단다. 소년은 청년과 친구처럼 PC방에도 다녔단다.

그리고, 그리고, 그리고… 오늘은 여기로 불러내서 협박을 하더란다. 자기가 좋아하는 사람에게서 떨어지라고. 그리고 청년은 소년을 범했단다.

그녀는 소년의 흩어져버린 옷매무시를 그제야 발견했다. 연두색 반팔 티에 쌓인 저 가냘픈 소년의 몸, 미색의 반반지 속에 숨어있는 저 순수한 소년의 하체… 그녀는 소년을 대신하여 울어주고 싶었다. 죄어드는 심장의 파장으로 전신이 몸서리가 쳐졌다. 어서 빨리 이 죄악의 장소를 떠나서 소년의 몸을 깨끗이 씻어주어야 한다고 그녀는 생각했다.

"영하야, 일어나. 가자 우리."

그녀는 소년의 손을 잡았다.

소년은 그녀의 손을 뿌리쳤다.

다시 잡아서 끌었다.

다시 매몰차게 내뿌리쳤다.

소년과 그녀 사이에 끼어든 긴장된 침묵은 거친 벽면을 타고 내려오다가 응고된 세면트 줄기처럼 완강하게 멈추었다. 상처 입은 푸른 숲속의 외로운 새 한마리를 그녀는 대책 없는 근심과 유죄감으로 바라볼 수 밖에 없었다.

소년은 날숨과 들숨의 강약의 차이를 조절하면서 바닥을 뚫어져라 내려다보았다. 숨소리는 차츰 고르롭게 되었으며 소년도 유순해지는듯하였다. 소년은 반바지 주머니를 뒤적이더니 휴대폰을 꺼냈다. 언제 다시 소년의 휴대폰은 켜져있는듯하였다. 광폭했던 금방과는 다르게 아주 침착하게 뭔가를 휴대폰에서 찾고 있었다. 격렬했던 분노가 없었던 듯. 소년은 말뚱히 그녀를 쳐다보며 휴대폰을 넘겼다. 그녀는 소년의 돌발행위에 거의 공황에 빠져갔다. 그녀에게로 향한 휴대폰의 액정화면의 불빛이 꺼져갔다. 땀과 눈물이 번진 휴대폰을 그녀는 공황에 빠져버린 채 넘겨 받았다. 식지로 휴대폰 액정화면을 터치하였다. 톡톡. 밤바다를 배경으로 한 포항 호미곶의 해돋이손 사진이 펼쳐졌다. 미끌어 떨어질 것 같은 휴대폰을 잡으려고 그녀는 가까스로 손아귀에 힘을 주었다.

"한장 더 넘겨요."

소년이 명령이라도 하듯 말했다.

그녀는 화면을 왼쪽으로 밀었다. 이번에는 그녀의 일층 까페에 놓여져 있는 해돋이손 모형의 사진이었다. 그녀는 또 어떤 함정으로 끌려가고 있었다. 그녀는 패배감 비슷한 무력감에 눌리워갔다.

"이 사진들이 왜 너에게 있는거지?"

지나가는 소리인듯 무심하게 들리게끔 온갖 노력을 해보려 했지만 그녀의 입술 밖으로 튀어져 나간 말의 속도는 터무니없이 빠르게 흘렀다.

"제가 묻고 싶은 말이예요. 그 두 사진이 왜 저의 아빠의 휴대폰에 있는가고."

소년은 쌀쌀했다.

"네 아빠? 정육점…"

"옙. 정육점의 우리 아빠에게요."

그녀는 어리둥절 그 자체였으며 소년의 하회를 기다릴수 밖에 없었다. 하필이면 이 상황에서 꼬리가 잘라져 나간 소년을 닮은 검은 고양이가 떠오를까?

"우리 아빠의 소문 잘 알고 계시지요?"

취조하듯 소년이 밀어붙였다.

"소?문?"

그녀는 혀끝 소리를 냈다.

"알면서도. 어른들은 원래부터 거짓말을 참말처럼 잘 하는거죠. 우리 아빠의 잘라져 나간 손가락을 잘 아시잖아요. 어른들은 다들 무서워요. 웃고 있지만 무섭다니까요. 검은 고양이 보셨지요. 우리 집 고양이었습니다. 지금은 아니지만. 다시 우리 집으로 오지 않아요. 아빠에게 꼬리가 잘린 다음부터요. 제가 좋아하는 고양임에도 불구하고. 잘려진 아빠의 손가락을 검은 고양이가 물고 도망갈수야 없었지요. 정육점에 그 많은 고기 덩이를 냅두고 하필이면 아빠의 손가락이었겠어요? 그래도 굳이 아빠는 자기의 손가락을 검은 고양이가 물고 갔다가 그랬어요. 그날 고양이를 안고 정육점으로 찾아간 저의 실수였다면 실수였겠지요."

소년의 입가로 쓴 웃음이 걸려갔다.

"영하야. 어디 아파?"

그녀는 소년의 이마에 손바닥을 조심히 갖다댔다.

조율사 청년에게서 받은 충격으로 소년은 횡설수설 한다고 그녀는 생각했다. 손바닥의 크기가 이마의 크기만큼 하다는것은 손바닥은 이마에 닿아야 된다는 것, 그러면 따뜻한 배려를 느낄수 있다고 그녀는 고집했던터였다. 그러나 그녀의 손바닥 크기는 소년의 이마보다 컸다. 소년의 이마는 그녀의 손바닥을 밀어냈다.

"신들의 손. 잘 아시지요?"

소년은 골려주겠다는 심보였었는지 자신의 오른손을 펼쳐들었다. 마치 그 손이 신의 손이기라도 하듯. 하지만 그녀는 지금 밉상의 소년의 꼴에 신경쓸 겨를가 없었다.

"니가 어떻게 그걸 알고 있어?"

그녀는 소년이 두려웠다. 물어보는것도 조심스러울 정도로.

"신들의 손"은 그녀가 우연히 가입된 손을 사랑하는 사람들의 모임인 인터넷 블로그의 방 이름이었다. 손에 관하여, 손가락에 관하여 짤막한 글을 운영자의 메일에 넣어서 그녀는 합격되었고 정식 회원으로 그 블로그방을 드나들수 있었다. 모든 글과 사진들은 비공개 되었으며 회원들끼리만 공유하는 공간이었다. 한국 여행길에 호미곶 해돋이손의 밤바다를 찍은 사진을 블로그 방에 올렸었다. 끊임없이 이어지는 포항의 숲속길을 따라 항공역사박물관을 지나고 공항길을 지나고 바다와 가까워 지면서 차창으로 들어오는 바닷바람의 비릿한 냄새를 맡으며 그녀는 까닭없이 눈가가 젖어들었었다. 영문을 모르게 몰려드는 저릿함에 가슴이 먹먹해지면서 눈물이 흘렀었다. 때로는 문득 생각없이 흐르게 되는 눈물이 있었다. 눈물. 옆에 앉았던 남편이 피씩 웃고 있었다. 그날 찍은 사진 한장, 블로그에 올린 그 사진에 댓글 하나, "아팠었네요." 였다.

"아팠었네요. 그게 우리 아빠가 남긴겁니다."

소년은 학생이 선생님께 의례 갖추어야 되는 존중의 도리를 깨달았다는 듯 정중하게 말했다. 차라리 조롱이었으면 싶었다. 그녀는.

"허거걱. 헉. 네 아빠가… "

그녀는 심연 깊숙이 찔러오는 소년의 눈길을 피하며 경악을 감추려고 버벅거렸다.

"아빠는 짬만 있으면 그 사진을 들여다봅니다. 저녁 잠들기 전에도, 세수를 마치고 밥 먹기 전에도, 고기를 자르다 말고 피묻은 손가락으로 그 사진을 터치한단 말이지요. 어느 날엔가 저에게 부탁을 하더라구요. 까페에 있는 그 모형을 찍어올 수 없냐구요. 그때 까진 전 몰랐지요. 알았다면 사진을 찍어 아빠께 넘기지 않았을건데. 후에야 우연히 아빠의 휴대폰을 보고 알았지요. 해돋이손을 사진 찍어오라고 했던 이유를요. 우리 아빠 선생님을 좋아하고 있어요. 선생님을 사랑하고 있다구요. 그래서 절 푸른숲으로 보냈더라구요."

소년의 얼굴에는 분명히 배신감이라고 쓰여있었다.

"그러니까, 저는 학원에 못가겠습니다. 선생님이 절 도와주셔야 합니다. 절 학원에 오지 못하게요. 조율사 그 개새끼도 그렇고. 아빠께 제가 그러더라고 말씀하신다면 아빠가 저의 손가락을 잘라버릴지도 몰라요."

소년의 가슴속에 묻어둔 괴물이 대신 말하는듯하였다.

질투가 낳은 비극의 비극의 비극.

그녀의 의식속에는 이미 소년이 옆에 있지 않았다. 그녀는 지쳐있었으며 그녀는 홀로 지금의 이 미완성의 건축현장이라는 무대에 끌려서 올라온 배우에 불과했다. 관객이 없는 무대 위에서 그녀는 어떤 거치장스러운 가식도 불필요했다. 그녀는 세면트벽의 무대 중앙에서 주섬주섬 일어섰다. 그리고 아직 창틀도 끼워지지 않은 사각으로 뚫린 창이어야만 하는 그곳으로 천천히 걸어나갔다. 바깥의 안전 그물망으로 시야가 막혀왔다. 그래도 너무 한낮의 여름해의 강렬한 빛은 있었다.

그리고 무대는 바뀌어 간다.

그녀와 정아가 등장한다. 그녀는 피아노 건반을 누르고 정아는 바이올린을 활을 다룬다. 정아의 오른쪽 손가락은 바이올린의 현줄 위에서 춤을 춘다. 퐁당퐁당. 즐겁게. 무대의 조명은 찬란하다. 그러다가 그녀의 버벅대는 손가락의 놀림때문에 정아의 손가락의 률동은 멈추었다 다시 움직인다. 음악이 멈추게 되면 정아는 계속 이어가자며 바이올린 턱받이에 올려진 각진 턱을 살짝 들었다 놓는다. 다시 피아노 건반을 누르지만 그녀는 곁눈으로 보이게 되는 정아의 손가락에 신경쓰인다. 참으로 욕심나는 정아의 손가락, 그리고 그 손가락의 움직임. 그녀는 뻣뻣해지는 자신의 손가락을 보면서 정아의 그 손가락이 없어졌으면 하는 질투를 느낀다. 그녀는 아니, 아니 하면서 까만 건반을 누른다.

다시 무대는 바뀐다.

중앙과 량옆 모두가 새하얀 벽으로 둘러싸인 공간, 불필요한 온갖 소도구를 배제해 버린 간결해서 섬뜩한 결백의 공간 속에서 정아가 울부짖는다.

내 손가락이 내 눈을 찌른단 말이야. 푹. 푹. 찌른단 말이야.

무대의 모든 조명이 꺼지고 잠깐 깜깜해진다. 다시 원통형의 밝은 조명빛이 정아에게로 집중된다. 정아는 식지가 잘려져나간 네개의 손가락이 남아있는 오른손을 얼굴에 대고서 울부짖는다.

자꾸 찌른단말이야. 식지가 내 얼굴을 찌른단 말이야.

처절하게 울부짖는다. 그녀는 어둠속에서 휘청하며 감히 정아에게로 접근하지 못하고 서있다. 그리고 몸을 돌려 객석을 향해 몸을 돌린다. 조명빛은 그녀에게로 이동한다. 그녀의 독백이 시작된다.

없잖아. 너의 식지가. 너의 식지는 이미 절단되고 없다니까.

없어진걸, 사라진걸, 절단된걸 인젠 받아들여야 해.

인정을 해야만 돼.

다른 삶을 살아야 돼. 정아야.

충분히 다른 일도 할수 있잖아.

바이올린 말고도 할 일은 많지 않니?

너가 이럴수록 난 괴로워 죽겠단 말이야.

내가 품고 있던 질투가

너의 손가락을 그렇게 만들어 버린것처럼 말이야.

정아야. 날 살려줘.

그녀는 휘청휘청 몸을 가누며 정아에게로 몸을 돌린다. 드디어 무대의 모든 조명이 밝혀지고 정아가 말한다.

손가락은 나의 생명이다,

나의 음악이다,

나의 전부다. 전부를 잃는다는 게 뭔지 알것 같냐? 넌 모르겠지.

그녀가 답한다.

알만해. 알만해. 알만하다고. 그만해. 제발.

정아가 그녀의 말을 자른다.

아니, 절대 몰라. 몰라도 괜찮아. 언젠가 너도 어떤 남자를 만나서 결혼하고 아이를 낳겠지. 하지만 넌 말이지. 다른거 다 빼고 너의 손가락을 자신의 목숨처럼 아껴줄 남자를 찾아야 해. 너의 손가락은 신이 준 선물이야. 너의 손가락이 얼마나 아름다운지 알고 있니? 너의 지성, 너의 얼굴, 너의 가슴, 너의 샘을 아무리 좋아해도 너의 손가락의 아름다움을 알아볼 수 없는 남자랑은 결혼해서는 안돼. 행복해야 돼. 너는. 네가 날 기억해주었으면 좋겠어. 넌 날 잊을 수 있겠니? 나도 잊지 못하는데. 잊을 수만 있다면 너에게도 나에게도 다 좋겠지만.

무대는 사라져버린다.

그녀는 뒤에 앉았던 소년이 일어서는 기척을 들었다. 굳이 고개를 돌리지 않았다. 소년이 계단을 내려가는 소리가 쿵쿵 메아리처럼 들려왔다.

그녀는 일기장의 주인인 나분을 만나고 싶었다.

해볕 아래 노출된 영하가 태양을 향하여 두팔을 벌린다. 열두살의 영하의 그림자는 짧다. 영하는 구십도 각으로 몸을 돌려 쭈크리고 앉는다. 태양빛 속으로 자신의 두 손을 내민다. 움켜잡았던 손가락들을 펴면서 땅 위에 공작 한 마리를 완벽한 그림자로 남긴다. 까만색 공작이 볏을 움직인다. 까닥까닥. 소년은 건물 위쪽을 쳐다보면서 중얼거린다.

어른들은 유치해. 거짓말을 잘하면서 아이들이 하는 거짓말은 참말로 믿는거지. 난 단지 피아노 레슨을 받기 싫었을 뿐이었지.

3.블랙 블랙 블랙아웃

&

오랜 세월이 흐른 뒤, 그녀는 강림촌 늪가의 갈대밭을 마주하고 서있다. 가는 가을비가 내리고 있다.

새벽이라면 좀 늦은, 아침이라면 좀 이른 시간대의 빗속의 늪은 적요하다. 늪은 그녀가 강림촌을 떠나서 보낸 오랜 세월에도 오로지 침묵만으로 버티고 있었던 듯 빗소리와 갈대들의 술렁임을 삼키고 있다.

조용하지만 울림이 있게. 아주 오래전의 일들은 안으로 안으로 삭혀서 떨쳐버리려 했던 그녀의 침묵처럼. 하지만 그 침묵은 시도때도 없이 그녀의 가슴속에서 소리를 냈다. 때로는 졸졸. 때로는 철렁철렁. 30년만에 그녀를 강림촌으로 데리고 온 것도 그 소리이다. 침묵에도 메아리가 있고 그 메아리는 다른 어떤 소리의 울림보다 더 공허하고 오래간다. 늪의 침묵처럼.

늪은 작아져버렸고 그녀는 커져버렸다. 변한것은 두가지라는 사실앞에 그녀는 시간 속의 시간들의 불확실성을 느낀다. 여태껏 늪은 이렇듯 작고 피폐하고 헐거운 존재가 아니었다. 늪도 언젠가는 사라지겠지. 그녀는 비에 젖어 그 무게를 이겨내지 못하고 아래로 처져 내려진 갈대의 누런 잎사귀 끝에서 떨어지는 빗방울을 본다. 그 빗방울들은 갈대와 갈대사이에 무늬도 그리지 못하고 늪의 일부가 되어갔다. 형태가 있는 것은 언제든 사라지게 된다. 형태가 없는것도 사라지게 된다. 오직 기억만이 남는다. 기억은 생명체이다. 가을과 겨울이 가고 다시 봄이 오면 새순으로 돋아나는 진흙속에 뿌리를 내린 갈대처럼 기억은 되살아난다.

팔뚝에 남아있는 예방주사의 흔적.

메주콩 뜨는 냄새.

추녀끝 고드름을 깨물면 입안으로 퍼지는 비릿함.

웃으면 오히려 슬퍼보이게 하는 턱의 보조개.

삶은 계란의 따끈따끈한 미소.

볼펜으로 손목에 그렸던 손목시계.

바줄의 이질감.

나비머리핀.

희경아, 하고 불러놓고 "아니" 하던 어눌함.

햇빛 속으로 굴렁쇠가 굴러가면서 뿜어내는 아우라.

그녀가 N시 기차역에 도착했을 때는 엊저녁 해질무렵이었다. N시는 강림촌에서 고작 8리 떨어진 곳에 있었지만 그녀는 어릴 때 시내나들이 나왔던 적은 한번인가 두 번 그 정도였다. 시내와 농촌이 뭐가 다르더냐는 어른들 질문에 "농촌에는 횡단보도가 없습니다. 가로등과 신호등도요." 하고 말해버려서 "횡단보도"가 아주 잠깐은 그녀의 별명이 되었던 것만은 잘 알고 있었다.

그녀에게 처음으로 길에는 횡단보도가 있다는 안전수칙을 가르쳐 주었던 N시는 무수한 횡단보도와 신호등이 있음에도 불구하고 더 안전하지 못했던, 그녀가 그동안 떠돌아다녔던 여러 도시들과 마찬

가지로 낯선 도시에 불과했다.

낯선 도시, 낯선 려관, 낯선 방, 낯선 욕실, 낯선 거울앞.

그녀는 양치를 끝내고 머리에 두르고 있던 흰 타올을 끌어내렸다. 치약거품이 오른쪽 입귀에 버짐처럼 붙어있는 얼굴이 거울 속에 있었다. 엉켜있는 젖은 머리카락에 손빗질을 넣어 흐트러지게 한뒤 머리를 가볍게 좌우로 흔들었다. 머리카락들이 왼쪽 어깨의 예방주사 자욱을 간지럽혔다. 아주 잠깐, 어지러웠다. 눈을 감았다. 머리카락이 젖꼭지를 쿡 찔렀다. 눈을 살며시 떴다. 이마로부터 타고 내려진 물방울이 눈초리에 떨어지면서 시선을 방해했다. 간질거리는 코안으로 눅눅한 허브샴푸향이 비릿한 냄새와 함께 섞여들어왔다.

눈을 다시 감았다 떴다. 거울 속에서는 지극히 괴물스러워 보이는 여인이 있었다. 크지도 작지도 않은 동공은 열려있었지만 비어있는 듯하였다. 다행히 눈 흰자위에 아주 가는 망사무늬의 핏줄기가 퍼져 있어서 다소 헛것이 아님을 말해주었다.

진실이라고 믿고싶어하면서도 진실이길 두려워 반투명의 커튼 뒤에서 망설이는 여인이었다. 얼굴을 덮은 머리카락에 손가락을 넣어 머리위로 빗어올리면서 그녀는 고개를 틀었다. 그 찰나의 순간, 그녀는 거울에서 눈이 없는 어떤 여인의 옆얼굴을 보고야말았다.

모딜리아나의 여인.

외롭게 목이 긴 여인.

대춘이가 닮았다던 모딜리아니의 여인의 얼굴이 거울에 있었다.

대춘은 그녀에게는 딱히 뭐라고 할수 없는, 그래서 그저 신비로움이라는 말로 표현할 수 밖에 없는 아우라가 있다고 했다. 대춘의 사랑고백이 그랬다. 그리스신화 속의 여인의 신비로운 아우라였는지는 몰라도 대춘은 그녀의 고통과 슬픔, 기쁨과 환희가 넘실대는 마음의 바다를 깊숙한 다른 곳에 묻어둔 그녀의 눈길에 끌렸다고 했다. 거역할 수 없는 주술적인 마법에 걸린 듯이. 대춘은 어떤 신비로움을 향한 끈질긴 탐험에서 얻을수 있는 스릴을 그녀와의 연애에서 느끼는 듯하였다.

결혼생활도 그 연장선 위에서 진행되는 탐험의 길인 듯하였다. 탐험과 결혼에는 모두 위험의 요소들이 포진되어있으며 극진한 인내심이 필요되는 법. 단지 결혼에는 권태기라는 것이 있고 상대를 잘 알아가기도 전에 익숙해져서 멀어질 수 있는 치명적인 위험요소가 더 있다.

대춘은 무방비상태로 열려져있는 그녀의 몸속으로는 쉽게 들어갈 수 있었지만 빗장을 단단히 걸어버린 그녀의 마음속으로 한걸음도 다가갈 수 없었다. 그녀의 몸으로 밀고 들어가면서 대춘은 그녀의 눈을 보군 하였다. 신비로움과의 대결에는 승부욕이 따르게 되고 그 승부욕은 왕성한 성욕을 자극하게 되었지만 시간이 지나면서 승부욕은 주눅이 들었다. 뭔가를 보는 듯하지만 아무것도 보지 않는, 언제나처럼 비어있는 그녀의 눈을 보면서 벌거벗은 그녀의 몸우에서 헐떡이는 자신의 몸은 흥분과는 거리가 먼, 구걸에 가까운 애처로움이라는걸 대춘은 서서히 깨달아갔다. 언제고 그녀는 혼자이길 고집하고 있었으며 대춘은 버려진 혼자였다.

그녀의 어둠을 대춘은 알수 없었다. 대춘의 어둠은 그녀의 관심 밖이었다. 옅은 어둠은 짙은 어둠에 먹히우게 된다. 야금야금. 잘근잘근. 그러다 어느날 밤, 대춘은 눈이 없는 모딜리아나의 그림 속의 여인을 닮았어, 라고 그녀의 귀에 입술을 대고 속삭였다. "저주받은 화가"라는 뜻으로 친구들이 붙여준 별명 "모디", 모딜리아나와 잔느의 아픈 사랑이야기도 해주었다.

왜 눈동자를 그리지 않느냐는 잔느의 물음에 내가 당신의 영혼을 알게 되면 당신의 눈동자를 그리게 될것이라고 여인이자 모델이었던 잔느에게 말했던 모딜리아나의 정직성, 나약함, 소극성도 곁들여 말해주었다. 드디어 대춘의 탐험은 답을 얻은 꼴이 되었으며 답이 나지면 게임은 끝나기마련.

낯선 침대, 낯선 추위, 낯선 커튼, 낯선 불빛, 낯선 이불, 낯선 습기.

그녀의 N시 낯선 밤은 가을 밤비가 내리는 소리가 지독하게 이어져갔다.

&

겨울이면 오빠는 희경의 손목에 볼펜으로 시계를 그려주었다. 추워서 바깥출입이 어려워지면 지루한 겨울시간을 소비하는 지혜였을지도 모른다. 엄마의 뜨개질과 메주콩 삶기, 아빠의 장작패기와 새끼꼬기, 황둥개의 닭쫓기와 흘레질 등등과 함께 오빠의 시계 그리기에도 생산성, 소비성, 오락성을 두루 갖추고 있었다.

이날도 희경은 오빠를 졸라서 시계를 그리기로 하였다.

오빠의 방에 희경은 오빠와 마주앉았다. 오빠의 볼펜끝이 희경의 손목 안쪽의 여린 살갗로 굴러간다. 희경은 꼼지락대며 팔을 빼려고 한다. 오빠의 손아귀는 더욱 우악스러워진다. 오빠의 손등 위에 어른스럽게도 파란 지렁이가 꿈틀대는 것을 희경은 신기하게 보면서 손목 안쪽에 서서히 모습을 드러내는 태엽꼭지를 볼 수 있었다. 시계테의 원을 그리기 시작하면 간지러움은 더해진다. 간지러움은 간혹씩 못견디게 오는 통증, 아니 즐거운 통증처럼 온몸을 관통하고 발끝까지 저릿저릿하게 한다.

오빠 살살. 살살 해줘. 살살 해란데.

급기야 희경은 참지 못하고 오빠의 손을 뿌리치고 발랑 구들에 누워버리고 왼손으로 배를 안고 오른손은 이미 그려진 부분이 지워지지 않게 허공에 쳐들고 깔깔댄다.

죽겠단 말이야. 간지러워서.

희경은 구실을 만들어야 한다.

관둬, 안하려면 말고.

오빠는 앉음뱅이걸음으로 엉뎅이를 움직인다.

누가 안하겠댔어? 살살 해라 했지.

희경은 발딱 일어나 앉으며 다시 손목을 오빠께 내민다. 도톰한 입술을 실룩이면서. 시계그리기 작업을 시작할 때마다 손목빼돌리기와 같은 돌발행위가 없어야 된다는 다짐을 받거나 말거나 희경과 오빠사이의 티격태격의 시나리오는 무한 반복되기만 한다.

시계테의 원이 모양새를 갖추기 까지의 짧은 시간을 희경은 가장 견디기 어려워했다. 팬티에 오줌방울 찔금 짜내는 부끄러운 짓을 하고 나면 둥근 시계테가 완성되여간다.

이건 세상에 하나 밖에 없는 소중한 시계가 될거야. 니 맘대로 시간을 결정할수 있는 시계지. 너의 시간은 너의 손에 쥐여져 있어. 근사하지 않니?

오빠는 희경의 숨막히는 초조함과 발갛게 무르익는 수줍음을 달래려는듯 중얼댄다. 간지러움의 극치가 지나고 오빠가 시계 안쪽의 시침, 분침, 초침과 열두 등분으로 나뉘어지는 시계금들을 뜸들이면서 그릴 때면 희경은 나분의 손목시계를 생각한다. 나분의 아빠가 생일선물로 사준 분홍빛 테를 가진 장난감 시계를. 한번만이라도 그 시계를 차고 밤잠을 자보는게 소원이었다.

오빠가 손목 안쪽에 시계를 다 그려주고나면 기쁨보다도 가슴으로 한숨이 새어져 나가는 것을 느낄 수 있었다. 다 크고나서 희경은 그것이 구겨져 가는 자존심이라거, 감춰야만 하는 초라함이라는거, 가난을 뻔뻔스럽게 자랑하는거라는 것을 알았다.

106

시계그리기 작업이 끝나면 멋있다 하는 오빠의 자화자찬의 미소도 어색했다는것도. 오빠는 시계 그리는 그 과정이 좋았을것이며 희경은 오빠의 손에 잡혀있는 안전감이 좋았을지도 몰랐다. 희경은 오른쪽 손목 안쪽에 그려진 시계줄의 금을 하나 둘 세고 누웠다. 그러고 있노라면 온 몸의 감각기관들이 살아난다.

옷걸이로 박아놓은 대못에 걸려있는 메주떼들이 발효되는 냄새,

메주떼를 감싸고 있는 짚들이 말라가는 소리,

바깥을 향한 고방문에 덪대어진 비닐에서 물방울이 올챙이떼처럼 굴러떨어지는 모습도 곁눈으로 보여진다.

이때가 되면 유난히 나분이의 손목시계도, 나분이의 오리털 노란 등산복도, 나분의 무릎께로 오는 부츠도, 나분이네 벽돌집이 생각난다. 그리고 여름옷 보따리에 숨겨둔 나비머리핀도. 몇번이고 나분에게 돌려주려고 꺼냈다가 다시 숨겨둔 나비머리핀이다.

한숨도 새어진다.

쳐들고 있던 손목이 뻐근해질 무렵,

니 또 쌌지?

희경의 발치께에 앉았던 오빠가 중얼댔다.

뭐?

또 쌌겠지.

두번째는 질문이 아닌 추정이다.

쌌지?

세번째도 질문이다.

쌌다.

마감에는 긍정적 판정.

희경은 발딱 일어나 오빠의 목덜미를 쥔다. 그러는 희경을 오빠는

뒤로 손을 뻗어 번쩍 안고서는 일어선다. 오빠에게 업힌 꼴이다. 오빠의 등에 매달려 오빠의 목을 두팔로 꼭 조이면서 얼굴을 등에 댄다. 오빠의 등은 따뜻하다.

글쎄, 말처럼 됐으면 부자 따로 있겠어요?

기회는 잡는거라 했소.

사람 잡지 말고.

소금 뿌리지 마오. 소금도 비싸우.

맛보기로 먼저 작게 해보고 잘되면 크게 벌이면 안될가요?

그때면 늦단말이요. 엎어터져도 첫매가 훨씬 시원치.

몰라요. 알아서 해보시던지.

하고말고. 두고 보란말이요. 돈 세는 일만 남았오.

아래방에서 엄마와 아빠의 오가는 말소리가 들려온다. 잔뜩 부풀려진 풍선에 쉼없이 바람을 불어넣는 아빠, 긴가민가 하면서 풍선이 터져버릴가봐 마음을 졸이고 숨죽여가는 아이와 같은 엄마.

오리 부업하면 우리 부자될거야.

오빠가 희경에게로 고개를 틀며 속삭이듯 말한다.

나분이네처럼.

등에 얼굴을 묻은채 희경이 낼름 오빠 말을 받는다.

나분이네 처럼이 아니라 나분이네 보다.

오빠가 희경의 말을 시정한다.

그.래.

희경은 뾰족한 턱으로 오빠의 등을 콩콩 두번 찍는다.

잘 할수 있어.

오빠의 팔뚝에 힘이 들어간다.

그래, 그때면 오빠 이쁜 색시 델꼬 온댔어. 아버지가.

108

희경은 키득한다.
오빠도 키득한다.

&

비가 멎었다. 어스름이 물러가면서 온전한 아침이 왔다. 늪 수면 위로 물안개가 피어올랐다. 늪이 품고 있는 눈물중에서 가장 맑은 방울들만이 공기속에서 흐터지고 잘게 잘게 부서져서 가볍게 가볍게 날개를 달고 날아오르는듯 하였다. 늪은 고작 이렇게라도 눈물을 날숨처럼 보일듯말듯 그러나 아름답게 날릴수 있어서 다행이리라. 말라가면서 비틀려지고, 누렇게 탈색되어 가던 갈대밭이 빗물이라는 물감이 올려져서 짙어지고 부풀려져서 늪은 더 중후한 무게에 눌리우는듯 하였다.

그녀가 접어서 들고있는 검정 우산에서는 물방울이 떨어졌다. 까만 구두위에. 갈대밭이 끝나가면서 둑쪽으로 완만하게 이어진 비탈진 경사면으로는 코스모스가 외로운 사슴처럼 목을 길게 빼들고 있었다.

강림촌을 지척에 두고도 진짜 엎어지면 코 닿을 곳까지 왔음에도 불구하고 그녀는 늪가에 오래동안 서있었다. 모습을 완연 드러낸 강림촌은 그녀에게는 어느 작은 고독한 섬의 존재처럼 멀리에 있는듯 하였다. 섬의 군데군데서 아침 연기를 풀어올리고 있었다. 점심 식

110

후의 어느 회사원의 나른한 담배연기의 실루엣처럼 나태함이 묻어 있었다. 간혹씩 나태함은 일상의 여유이며 평화이고 고요가 되기도 한다. 추수가 끝난 시골의 풍요로움에도 즐거운 나태함이 있으리라.

그녀는 자리를 떴다. 비탈길을 걸어서 천천히 둑으로 오르기 시작했다. 이제 그녀가 어디로 가느냐에 따라서 이야기는 달라질것이다.

동네는 조용하였다. 몰라보게 변했을거라는 기대는 없었지만 동네 입구에 들어서면서 그녀는 되살아나는 기억으로 누구의 안내없이도 옛집을 찾을수 있다는 믿음이 생기면서 약간의 실망이 일었다. 초가집을 허물고 그 자리에 벽돌집을 지었고 집집을 이어주는 도로들이 아스팔트로 바뀌었을 뿐, 동네를 남북으로 가르마처럼 갈라놓은 동서로 뻗은 큰길이며 골목골목을 관통하는 옛길의 흐름은 영구적인 지도처럼 엄밀하고 단단했다. 물곬이 바뀌고 길이 새롭게 뚫리지 않는 이상 기억의 네비게이션은 완벽하게 작동할수 있었다.

그녀는 이미 다른 사람으로 커버렸고 엄마가 세상 뜰때의 나이인 마흔셋이다. 늙지도 젊지도 않은 나이다. 그녀는 소문으로 고향은 비어간다는 소식쯤은 알고 있었다. 해외와 대도시로의 인구이동으로 농촌학교들이 폐교가 되었으며 조선족 동네들은 한족동네로 되어간다는것도. 30년이나 지났으니 떠나간 사람들의 빈자리는 남아있는 사람들이 지켰을것이고 남아있는 사람들은 떠나간 사람들을 잊어갈것이다.

세월은 그녀를 포함한 그녀 가족들의 이야기를 묻어버린지 오래될것이다. 그녀를 알아볼 사람은 동네에 없을것이다. 그녀는 민속촌에 들린 관광객일뿐. 그녀는 관광객답게 발걸음이 가볍게 움직여졌다.

태양열 가로등을 하나 둘 셈하면서 동네 두번째 골목을 지날 무

111

렵, 그녀는 큰길가의 집문이 열리는 소리와 거위들의 날개짓과 함께 꽉꽉 울어대는 소리를 들었다. 그 뒤에는 방앗간집이 있었다. 굳이 숨거나 피하지 않아도 된다. 그녀는 소리나는 쪽으로 머리를 돌렸다. 잠에서 금방 깬듯 뒤통수가 납작하게 깔려있고 숫구멍쪽의 머리카락이 삐죽 솟아오른 어린 남자가 부랴랴 벽돌로 쌓아 올린 작은 집으로 들어가고 있었다. 화장실이였구나. 그녀는 중얼댔다. 그러고 보니 허물어져버린 초가집의 잔해가 널려있는 길 건너 집터에도 있는, 벽돌로 쌓아올리고 하늘색 양철지붕을 얹은 자그마한 집들은 촌민위원회에서 호당으로 한간씩 지어준 화장실임에 틀림없었다.

비어버린 집터를 지키고 있는 신식 화장실을 보면서 그녀는 티비 뉴스에서 자꾸 떠들어대는 부패가 농촌에도 뿌리를 내리고 있음을 알 수 있었다. 우습게도 이 마당에 사회로 향한 눈길을 가지고 있는 자신의 여유를 느끼면서 그녀는 피식 웃었다.

다시 한번 문열리는 소리가 들리더니 한 여인이 나타났다. 보글보글한 갈색의 파마머리를 목이 덮이지 않게 커트해 올린 여인과 시선이 마주쳤다. 아주 잠깐, 2초 3초간의 짧은 시선의 오감에서 두 여인은 뭔가를 읽어냈다. 일방적이지 않고 나누어 가지는 시선에는 사연이 있다. 그녀는 기억이 갖고있는 순발력에 몸서리쳐졌다. 놀란듯하지만 초점만은 콕 박혀있는 고양이의 눈, 나약함을 가장한 공격적인 고양이의 눈빛, 고양이의 오줌은 어둠 속에서도 빛을 낸다고 했으니 그 눈빛은 어찌하겠는가. 고양이 눈빛의 그 여인이 누구라는걸 그녀는 알아버렸다. 그 여인의 불에 데어 놀란듯한 눈빛도 그녀를 알아보았다는 증거다. 여인은 쑈홍이였다. 그렇다면 좀 전에 화장실로 들어간 어린 남자는 쑈홍의 아들일거고.

그녀는 숨을 몰아쉬면서 휘청거리는 몸을 겨우 가누면서 앞으로 걸었다. 다행 뒤에서는 아는 체 하는 소리가 들려오지 않았다. 물론 쑈홍도 놀랬을 것이다.

공소부와 구락부가 있는 동네 중심부에까지 왔다. 동네를 떠날때 만 해도 동네 지표성적인 건물인 구락부, 지붕 아래의 삼각 벽면에 는 세면트로 양각된 "인민을 위해 복무하자"는 "为人民服务"다섯 글자는 그대로 남아있었다. 구락부옆의 빈집 공터를 허물고 축구장 반쯤되는 광장도 만들어져 있었다. 어느 서툰 도끼목수의 솜씨를 자 랑하는 떡메가 광장 중심에 놓여져 있었다. 옛집은 광장 뒤쪽의 골 목에 있게 되었다. 광장을 스쳐지나는 그녀의 걸음은 단호해지기 시 작했다.

30년전 아빠에게 끌려서 야반도주하던, 눈이 얼어붙었던 골목길 에 그녀는 섰다.

&

.

희경아.
예.
…
…
희경아.
예?
아니.
희경아.
…

아빠와 희경 사이에는 침묵이 끼여든다. 술을 먹고나면 아빠는 딸
의 이름을 불러놓고는 아니 하고 입을 다문다. 희경은 굳이 이유를
따져 묻지 않는다.

희경은 누군가가 불러 줘서 확인되는 존재감으로 따뜻한 위로를
받는다. 오빠가 잡혀가고 엄마가 자살하고 떠난 집을 아빠와 희경이
지키고 있다. 아빠와 희경은 언제나 서로에게 곁에 있다는 사실을
부각시켜야만 한다. 아빠는 부엌에서 불을 때다가도 희경아, 화장실

문앞에 따라나와서 희경아, 어슴프레 잠에 빠져들 때에도 희경아…
아빠는 무시로 딸의 이름을 부른다. 조용하면 오히려 낮잠을 잘수
없게 된 아빠의 곁에서 희경은 소리를 내야 한다. 소리내서 책을 읽
는것이 지겨워지면 서랍을 열었다 닫았다, 옷장 속의 옷들을 끌어내
서 개이기도 하고, 쓸모없게 된 공책을 가위로 삭삭 자르기도 한다.

희경아…

팔베개를 하고 누워있던 아빠가 딸을 부르며 일어나 앉는다. 희경
은 공책을 덮으면서 밥상 너머에 앉아있는 아빠를 본다. 면도를 하
지 않은 아빠의 얼굴에는 수염이 제멋대로 자라있다.

우리 이사 가자.

이사요?

그래. .

어디로요?

그냥 아빠 따라 가면 돼.

오빠를 기다리지 않고?

걱정말고. 그건 내가 알아서 할거다.

언제요?

지금.

밤중에?

그래. 지금.

준비도 못했는데.

준비할게 뭐 있다고.

인사도 해야잖아요.

나중에…인사는 후에라도 늦지 않으니.

그래도.

115

우리 새출발을 하는거다.

새출발.

지금 서둘러야 한다. 필요한것만 챙겨. 후에 다시 와서 가져가도 되니까.

밤 열시가 되어서 당나귀차가 왔고 희경네는 이사짐을 싣는다. 뺄 것도 더 보탤것도 없는 초라한 이삿짐 덕분에 희경이 올라앉을 데는 있다.

앞에는 당나귀차 몰이군 한족 할아버지가 서고 뒤에는 아버지가 따른다. 겨울밤이면 한층 꽁꽁 얼어붙는 눈길은 빙판의 냉혹한 한기와 견고함이 있다. 당나귀가 뚜걱뚜걱 한걸음씩 나아갈때 마다 발굽에 박힌 징이 눈얼음 위에 미끌리면서 내리찍는 소름끼치는 소리가 들린다. 끼이익 칙. 끽 치이익. 치지찍. 치찍. 물주전자 두껑으로 유리를 긁어대는 소리. 당나귀차는 위태롭게 앞으로 나아가고 그 뒤쪽으로는 부서진 자잘한 눈얼음조각이 시린 달빛에 냉정하고도 예리한 빛을 쏟는다. 충분히 눈을 멀게도 할 수 있는 빛. 바늘에 찔리는듯한 열기가 희경의 목덜미에서부터 발끝으로 쑥 빠져나간다. 등이 젖어든다. 몸이 덜덜 떨린다. 희경은 버버리장갑속에 넣은 손을 꼬부린다. 머리핀이 꼭 쥐어진다. 나분을 생각한다.

나비머리핀.

&

머리카락은 사람들마다 저마끔 움켜쥐고 나온 지문과 같은 존재라고 그녀는 생각했다. 내가 너가 될수 없는, 너가 내가 될수 없는, 나는 오로지 나이고, 너는 오로지 너이고, 또한 우리로 될 수 있는 가능성의 식별능력을 머리카락이 가지고 있다고 생각했다. 출생의 비밀이라던가 신데델라라던가 뭐 이런거 빼면 진행이 되지 않는 막장드라마에 등장되는, 신비롭지만 엄연히 과학적 술어인 DNA라는 영어문자가 머리카락속에 들어있다는 증거는 그녀가 머리에 갖고있는 신뢰를 확고부동하게 해주었다.

그녀는 타인의 머리를 만져주고 감겨주고 잘라주는 행위에 강박적인 즐거움을 느꼈다. 잘려져 바닥에 흐터져있는 머리를 쓸어담으면서 타인들이 버리고 싶어하는 과거를 제멋대로 들춰내서 상상해서는 제멋대로 해피엔딩으로 마무리해 버렸다. 아주 가끔씩 세면대에 찰싹 달라붙어있는 물끼가 있는 머리카락을 떼여내면서 쉽게 썩을수 없는 생명이라는것도, 죽음이라는것도, 영혼이라는것도 생각할수 있었다.

H시에서의 10년 관광가이드일을 접게 한것도 그녀의 타인의 머

117

리에로 향한 무서운 집착이였다. 그것은 대춘(大春)을 만나게 된 계기가 되였으며 또한 30년전의 과거로 돌아갈 수 있었던 구실이기도 하였다.

그녀가 미용실 영업을 시작한 2010년 봄에 한달에 한번꼴로 머리 자르러 오던 대춘은 여름의 폭염이 시작되면서 보름에 한번꼴, 추석의 명절머리를 자르고 나서부터는 일주일에 한번꼴로 머리감으러 미용실을 들리군 하였다. 망설이면서 왔다가 아쉬워하면서 미용실 문을 나서는 대춘의 마음을 그녀는 부담없이 읽어냈다.

목을 세면대에 젖히고 느슨히 눈을 감고 머리를 그녀에게 맡기는 대춘의 얼굴에서 그녀는 폭신폭신한 솜같은 행복을 보군 하였다. 어쩌면 잠자는 아기의 얼굴인듯 하기도 하였다.

미용사는 엄마같고 아빠같은 존재인가 봐요. 머리는 타인에게 쉽게 내여줄수 없는 소중한것이 아닐까요? 가장 소중한것은 가장 소중한 사람의 손에 있게 되는것이도 하구요. 엄마들은 아이들의 머리를 감겨주잖아요. 싫다고 징징 대는 아이를 달래기도 하고 협박을 하면서 말입니다. 아이들은 왜 머리 감기를 그토록 싫어할가요? 엄마가 머리를 감겨줄수 있는 어린시절이 참 그립습니다. 생각해보세요. 엄마의 그 손길을 말입니다. 성인이 되고 나서 그 시절이 그리워서 엄마에게 머리를 감아달라고 머리통을 들이밀 용기 있는 사람이 있을까 궁금하기도 하구요.

우리 인간은 늘 조물주에게 감사해하는 마음을 가져야 된다고 생각합니다. 때가 되면 머리를 잘라야 하는 법을 만들어줬으니까요. 머리를 자르는 것은 자기의 껍데기를 찾는 행위가 아닐까요? 그리고 미용실의 거울에서만 볼 수 있는 진실된 자아를. 미용실에서 집으로 돌아와서 다시 거울을 보면 또 다른 모습이거든요. 고작 한시간도 지나지 않았는 데 말입니다. 제가 넘 오버하는거 아닌지 모르겠는데요. 그냥 그렇다는 말입니다. 너무 신경쓰지 마십시오. 미용사가 머리를 자르는 동안만은 고객은 고분고분 말을 잘 들어야 하지요. 머리 숙엿 하면 옛, 오른쪽으로 하면 옛, 움직이지맛 하면 옛, 눈 감앗 하면 옛. 눈 떳 하면 옛. 홋후후. 웃기잖아요. 이때는요, 미용사는 엄한 아빠같은 존재라구요.

그해 겨울의 눈 내리는 밤, 대춘이 세면대에 머리를 젖히고 눈을 감은채 주절댔다. 샴푸물이 귀바퀴를 타고 세면대에 떨어졌다. 그녀의 그림자가 잠깐씩 움직여져서 얼굴에 불빛이 내려지면 대춘은 감은 눈을 조금씩 쪼프리기도 하였다. 바르게 꽁꽁 조여져 박혀있는 흰 이 안쪽끝의 치석, 마른침 삼키는걸 들키지 않으려고 조신스레 움직이는 울대뼈, 잘 다음어진 코털사이로 새어나오는 술냄새…

대춘의 입에서 껍데기를 찾는 행위라는 말이 나오면서 그녀는 하던 작업을 멈추었다. 분사기의 물줄기가 세면대에 뿜겨지는 소리는 대춘의 독백에 배경음악으로 흐르고. 그녀는 샴푸물을 손에 묻힌 채 쇼윈도 유리창에 비껴있는 풍경을 보았다. 그녀의 유난히 긴 목만이 허옇게 드러나고 그녀의 몸과 벌려져 있는 대춘의 다리와 발, 미용실 내부의 사물들은 실체가 아닌 듯이 어렴풋이 비쳐진 스크린 뒤쪽으로는 자동차 불빛들이 분주하게 오갔다. 그 덕분에 눈발이 실체를 드러냈다.

&

　희경은 오리먹이 풀이 반쯤 담긴 바구니를 팔에 낀채 풀밭에 앉는다. 나분도 희경의 옆에 앉는다. 풀밭에 손수건을 펴놓고 그 위에. 미풍이 훈훈한 봄볕을 실어온다. 풀냄새와 흙냄새가 참 좋다. 희경과 나분은 카메라앞에 나란히 앉아서 셔터가 눌러지길 기다리는 예쁜 소녀들처럼 꼼짝 않고 언덕 아래를 내려다본다. 타래떡처럼 구불구불 갈려엎어진 흙들이 펼쳐진 논밭들이 보인다. 아지랑이는 결과 결이 서로를 간지르며 먼 강 건너에서 피어오른다.

　곱니?

　희경은 단발머리를 귀바퀴로 쓸어올린다. 희경은 고개를 살짝 틀어 얼굴을 나분에게 돌린다. 귀바퀴에는 노란 민들레꽃이 피어있다.

　민들레꽃이 아름다운거 오늘 처음 알았어.

　나분은 말솜씨를 은근 자랑하고 싶어한다.

　꽃병이 고우면 꽂혀지는 어떤 꽃이라도 곱겠지.

　희경도 뽐낸다.

　꽃은 다 아름다워. 못 생긴 꽃 어디 있대?

　나분은 벌침을 꽂는다.

120

있지. 왜 없는데.

희경은 나분과 마주 앉는다.

거짓말.

나분의 벌침은 주춤한다. 오늘의 게임은 오래 간다는 실패감.

쓴 웃음꽃. 하핫하.

씀바귀꽃은 아름다워. 여기에 있는.

나분은 희경의 귀에 피어난 민들레꽃을 똑 따서 코끝에 갖다댄다.

노오란 꽃잎 하나가 나분의 빨간 입술에 똘랑 떨어진다.

어울린다. 착착.

그래, 고운 짓은 니 혼자 다 해라.

희경은 진짜 화가 나도록 토라졌지만 삐친척 하느라 애먹는다.

희경은 다시 나란히 나분의 곁에 앉으며 팔을 뻗어 나분의 어깨를 안는다. 희경의 손목 안쪽의 그림시계는 이미 희미져간다.

희경과 나분사이에 은밀한 대화가 오간다.

그애 말이, 그애. 여름방학이면 또 오겠지?

그애라니?

칫, 빼긴.

대체 누기 오고 가는데? 알아듣게 말해야지.

눈치박사 나분이 도끼등낙제생 됐니?

대체 뭔 말 하는데.

몰라서 그래?

몰라.

방. 아. 간.

오, 그애?

여시같다야. 속보인다.

오든 말든 뭔 상관이게? 말 한마디도 못해봤는데.

니 좋아하지?

아니. 싫어는 안하지.

좋다는거야?

몰라.

둘 사이 대화가 잠깐 끊긴다.

희경의 곁눈으로 뭔가를 생각하며 입가에 슬며시 웃음을 건 나분의 모습이 보인다. 나분에게 미안해지려 한다.

희경은 고개를 꺾는다. 여름옷 보따리에 숨겨둔 나비머리핀을 몇 번이고 나분에게 돌려주려고 했지만 망설이기만 했을뿐, 끝내는 미루게 되었다. 다가오게 될 여름까지.

지난 여름방학이 다 끝나갈 무렵의 어느날, 외할머니 집으로 놀러온 방앗간집 소년이 문득 길가에서 희경을 불러세웠다. 소년의 목소리로 불려지는 "희경"은 입안에서 사르르 녹는 솜사탕같았다. 희경은 처음으로 자기의 이름이 나분의 이름보다 이쁠 수 있다는 사실을 알고나서 하마트면 울어버릴 뻔했다.

머뭇머뭇하던 소년이 호주머니에서 머리핀을 꺼냈다. 반짝이가 박혀있는 나비모양의 머리핀을. 희경은 얼굴이 훅훅 달아오르면서 심장이 튀어나올 것만 같았다.

부탁 하나 들어줄래?

소년이 말했다.

응.

희경은 고개를 끄덕였다.

이거… 이거, 니 친구… 나분에게 전해줄래?

소년이 말을 더듬었다.

뭐라고?

희경은 고함을 질렀다.

소년은 놀라서 뒤로 물러섰다.

희경은 씩씩 숨을 고르다가 만화속의 주인공 머리 위의 알전구에 불이 들어오듯이 좋은 궁리가 스쳤다.

전해줄 수는 있어. 희경은 쌀쌀하게 말했다.

고마워.

소년은 덥석 희경의 손을 잡고는 머리핀을 쥐어주었다.

똑같은 걸로 내한테도 줘야 해.

희경은 단호해졌다.

하나밖에 없는데.

소년은 쩔쩔 맸다.

그럼 다음에 올때 또 하나 갖고 오면 될거 아니야. 희경이 말했다.

그럼 그건… 먼저… 나분에게 줄 수 있어? 다음에 올 때 니꺼 가져올게.

소년이 애원했다.

알았어.

희경은 소년과 거기서 바로 헤어졌다.

희경은 소년이 꼭 같은걸로 가져오면 나분에게 전해주리라 생각했었는데 소년은 그 다음해 여름에 희경에게 머리핀을 주지 않았다.

123

&

그녀는 옛집의 터를 마주하고 있다.

그곳에는 열매가 털려간 옥수수대들이 억울하게 서있었다. 옛집은 허물어지고 밀려가도 그녀의 기억 저편에 남아있는 자리만은 확실하다. 아빠와 함께 야반도주하던 겨울밤의 추위가 항상 그녀를 따라다녔듯이 이 골목의 흙 한줌, 지푸라기 한오리조차도 그녀에게는 지워지지 않았다. 가족다운 가족이 될 수 없었던 그 중심에는 소녀 희경의 자그마한 질투가 있었다.

지금까지도 어마어마한 사건의 모든 시작은 그녀로부터 비롯된 것임을 그녀만이 알고있을 뿐. 오빠가 억울하게 강간범으로 끌려가게 되고 나서 한참 뒤에 떠도는 소문은 소문만이 아니었다. 오빠의 고기밭 초막에서 발견된 쑈홍의 머리핀을 증거물로 경찰에 넘긴 사람이 나분이였었다는 사실이 밝혀졌다. 나분을 오빠의 고기밭 초막에 데리고 간 것도 그녀였으며 비 내리는 초막안에서 소년이 선물한 머리핀이라고 나분에게 거짓말을 한 것도 그녀였다. 그해 여름방학에 방앗간집 소년이 똑같은 머리핀을 갖다주지 않았다는 이유로 소년과 나분에게로 향한 미움과 질투로 충만해 있었던 그녀였다. 나분의 분노, 쑈홍의 거짓 진술은 오빠를 빼도 박도 못하게 강간범으로 만들어버렸다. 미성년자 강간범으로.

오빠가 출옥되어 불쑥 집에 찾아들었을 때, 아빠는 목공일을 나가고 중학생으로 자란 희경이 맞았다. 오빠는 단단해졌고 희경도 자랐다. 엄마의 턱 아래 보조개를 물려받은 오빠의 턱 아래는 웃고 있어서 슬퍼보였다.

희경은 울었다. 막 봉긋하게 부풀어 솟아오른 가슴을 오르락 하면서. 기쁨인지, 슬픔인지, 아니면 후회인지, 자책인지 희경은 오래도록 울었다. 그리고 아빠가 그동안 면회도 다녀왔구나 하는 고마움을 느꼈다. 아빠와 도주해서 이사든 누추한 이 집을 집이라고 다시 찾아온 것에. 아빠께 감히 면회가자는 말도 꺼내지 못했고 설사 아빠가 면회 가자고 제안해 올가봐 두렵기도 하였다.

옥중에 있는 오빠와 마주 앉을 수 있는 용기가 희경에게는 없었다. 오빠는 울고 있는 희경을 품안에 넣었다. 희경은 손바닥을 펴서 오빠의 등을 만졌다. 턱으로 오빠의 등을 콩콩 쫓던 그 자리를 찾아 헤멨다. 분명 그 등이었지만 그 자리를 찾을 수 없었다. 흔적은 쉽게 사라질 수 있으니까.

오빠의 등, 오빠의 가슴, 오빠의 손 등등의 오빠의 몸을 함부로 가까이 할 수 없이 자라버렸다는것을 희경은 알아버렸다. 오빠의 세계와 희경의 세계가 그동안 구축되었으며 세계와 세계 사이에는 어떤 간격이 있음을 알아버렸다.

희경은 기억해냈다. 아빠와 오빠는 닮아있다는 부분에 대해서 서로에게 불만이었다. 서로가 서로에게 쉽게 말을 걸지 않는다는 것을. 아빠는 진밥 타령이었으며 오빠는 된밥 투정어서 난감해진 엄마는 언덕밥을 지었다. 엄마와 희경은 언덕의 그 가운데 있는 진밥과

125

된밥을 썩어서 먹었다. 그러니 가족의 평화는 엄마의 지혜가 지켜나갔다. 가족이 깨지기 전까지는 그래도 화목한 가족이었음에 틀림없었다.

엄마의 부재를 채워나가는 것은 희경의 몫이 되었다. 희경은 솥안에 쌀을 언덕지게 안쳐서 한쪽은 질게, 한쪽은 되게 하기로 하였다. 엄마가 하던대로. 그리고 계란 세알을 씻어서 쌀물이 많은 곳에 얹었다.

오빠는 쪽걸상에 쭈크리고 앉아서 부엌 아궁이에 토막나무와 대패질로 말려진 나무꺼풀들을 넣었다. 가끔씩 오빠께로 희경의 손끝에서 물이 떨어지면 희경은 오빠를 내려다 보았고 오빠는 희경을 올려다보았다. 둘다 웃었다. 오가는 웃음에는 다른 감정이 끼어들지 못했다. 오직 행복이라는 감정말고는. 썰렁했던 비좁은 부엌은 김이 뽀얀 안개처럼 짙게 서려가면서 먼지가 일도록 말라가던 희경과 오빠의 가슴을 촉촉하게 젖어들게 하였다. 파리똥이 말라붙어 있는 알전구는 김 속에서 희뿌옇게 너울쳤다.

희경은 저녁 준비를 하며 오빠의 옆모습을 훔쳐보았다. 아궁이에서 비쳐지는 불빛으로 혈색이 회복된 오빠의 얼굴은 보기 좋았다. 김 속에서도 얼굴선들은 군더더기없이 선명하게 그어져 있었다. 보조개가 패어있는 턱밑의 울대뼈가 만들어내는 그늘은 짙은 검은색이었다.

오빠의 인생에서 문신처럼 따라다닐 지울 수 없는 그늘. 희경은 오빠와 아빠와 함께 둘러 앉은 밥상 앞에서 낯선 냄새들의 흐름을 보았다. 오래된 창고를 열어젖히면 몰려오는 눅눅함을 오빠에게서. 텁텁한 나무냄새와 차거운 쇠냄새를 목공일을 마치고 돌아온 아빠에게서. 냄새들이 섞여지고 어울리면서 또 다른 냄새를 만들어갔다.

냄새라는 것은 쉽게 습배이고 약한 것은 강한 것에게 먹히우고 새로운 낯선 냄새로 재탄생된다. 그 과정을 오빠와 아빠는 굳이 밀어내려고 하지 않았다. 아니면 이미 지쳐버려서 될대로 되라는 무심함, 아니면 함께 하지 못한 세월을 보상받으려는 간절함이었을까.

아빠는 단지 빚더미가 두려워 야반도주 한 것이 아니었다는 사실을 희경은 문득 깨달았다. 그때부터 오빠가 출옥한 후의 생활을 차곡차곡 준비했었다는 것을. 아빠와 오빠는 서로가 닮아있는 부분에 불만을 느끼는 것 같지 않았다. 서로에게 말을 걸지 않는 것은 서로의 얼굴을 다시 확인할 수 있어서 다행이라고, 입밖으로 새어져버리면 모든 게 깨질 수 있다는 염려로 희경은 생각했다.

진밥.

된밥.

된진밥.

삶은 계란의 따뜻한 미소.

진밥과 된밥은 서로를 이해하려고 이해해주려고 애썼지만 한 사람을 완전히 이해한다는 것은 완전 불가능하다. 그러나 진밥과 된밥은 서로를 잘 안다고 생각하고 서로의 설익은 이해를 완전 이해로 착각하게 되다보니 불협화음을 만들 수밖에 없었다. 된진밥이 섣뿔리 끼어들 문제가 아니었다.

삶은 계란은 다시 따뜻하게 웃어주지 않았다.

&

마침내, 오빠는 다시 물감옥을 선택했다.

바깥 세상, 대부분 사람들이 누리고 사는 일상의 세상으로 돌아온 오빠는 예전의 그 세상을 예전 그대로 살 수 없었다. 세상이 오빠를 버렸듯이 오빠도 낯선 세상을 버리고 싶어했다. 결국에는, 결국에는 이미 익숙해진 단절된 세상을 선택했다. 바닷물에 둘러싸인 그 감옥을. 원양어선으로 오빠가 떠날 무렵, 희경은 고중 2학년생이 되었다.

오빠는 타이티에서, 사모아에서 어선이 입항이 될 때면 희경에게 엽서를 보내왔다. 야자수, 파도, 푸른 물, 갈매기, 해안, 노을, 섬, 해변에 놓여있는 하얀 의자, 백사장, 바다를 끼고 있는 능선이 완만하게 굴곡져 있는 산 등등 흔하지만은 모든 동경을 담은 풍경의 엽서들은 하나도 없었다. 한꺼번에 똑같은 엽서를 여러장 준비해두었던지 늘 무질서하게 널려있는 시계들을 담은 엽서를 보내왔다.

잘 있지?

잘 있겠지.

잘 있어야 돼.

엽서 뒤면에 지극히 짧게 단마디 문안을 적어서. 희경은 엽서를 꺼내서 보고 또 보았다. 사각의 금색 시계판, 나침판인 듯 작은 화살 표를 담고 있는 둥근 시계판, 흰색 바탕에 까맣게 숫자가 선명한 시계판, 시간금을 완전 배제해버린 분침과 시침만 있는 비어있는 시계판, 크고작은 치륜이 맞물려있는 해부학도와 같은 시계의 내부구조, 영어표기로 된 시간금의 시계판 등등이 엽서 앞면에 빼곡히 채워져 있었다.

시계들을 꼼꼼히 들여다 보면서 희경은 비어있는 오른쪽 손목이 허전해짐을 느꼈다. 시간들, 비껴간 시간들, 돌이킬 수 없는 시간을 읽어갔다. 태엽으로 시계바늘을 거꾸로 돌리고 돌려서 일력과 달력을 무수히 번지고 되넘겨서 엄마와 아빠와 오빠가 함께 했던 그 시간으로 돌려놓고 그 시간을 그대로 고정해버리고 싶었다.

사람은 떠나고 없음에도 불구하고 기억은 그대로 남는다. 비록 기억이라는 건 확실치 않지만은 기억은 그 사람이 어떻게 살아왔는가를 알려준다. 불확실한 기억이라도 할지라도. 자신과는 전혀 무관한 그냥 스쳐지나는 일과 사람들, 우연한 마주침에서 시작된 인연의 끈을 한올 한올 엮어가는 것이 우리네 삶이 아닐는지.

먼 과거였었다는, 그런 일이 있었다는 것 조차도 극력 머리를 쥐어짜내야 하는 기억, 자신을 구성해온 시간들의 각질층에 내려앉은, 입김으로 불어버리면 흔적도 없이 날려가버리게 될 과거의 존재들, 자신에게는 한낱 먼지같이 가벼운 우연이었지만 어느 누군가는 바위같은 침묵 속에서 그 순간들, 그 날들을 가슴에 새겨둔 채로 또 다른 누군가의 인연 속에서 괴로워하며 또 누군가에게 상처를 주며 살고 있는 것일까?

&

오빠, 나 거기 다녀오려 해요.

어디?

… 거기…

거기?

거기에.

…

거기에 가야겠어요.

그래, 함 가보라. 나도 가보고 싶지 않다면 거짓말이지.

그럴 수도.

거기서 니 몫만 보고 오라.

내 몫의 기억에 오빠가 자리하고 있는데도요?

기억은 오로지 자신의 전유물일 것 같아. 타인이 기억해주는 건 오류일지도 모르지.

내가 기억못하는 내 기억이 있는데도요?

엄마 배속에 있었던 기억같은, 니가 기억할 수 없는 그런 것도 니 거겠지.

… 내 거겠지요.

견딜 수 없어도 견뎌야 한다. 희경아.

나아갈 수 없어도 나아가야 하는 거겠지요.

이혼을 하고 나서 정확히 일주일 후, 대춘(大春)의 교통사고로 인한 사망부고를 받고 나서 그녀는 강림촌으로 다녀오려고 생각했다.

강림촌으로 떠나기 이틀전 샌프랜시코에서 살고 있는 오빠에게서 전화가 왔다. 그리고 짧게 오빠와 대화를 나누었다. 미안했었다고 오빠에게 고백하려고 했었지만 결과적으로는 위안을 얻은 셈이다.

오빠, 잘 있어요?

오빠, 잘 있겠지요?

오빠, 잘 있어야 돼요.

오빠, 미안했어요.

그녀는 키 넘게 자란 누르께한 옥수수대를 바라보면서 앞에 있지도 않는 오빠에게 혼자 소리로 말을 걸었다.

오빠의 사고의 블랙박스는 그녀가 30년을 품고 있다. 블랙박스의 테이프는 사고가 일어나지 않으면 자체적으로 기억을 지운다. 사고가 생기면 사고가 일어난 원인은 명확히 알 수 있다. 그러나 오빠는 블랙박스를 찾지 않는다. 사건의 기록들을 파헤쳐서 진실을 밝힌다고 한들 아무런 가치가 없다고 여길지도 모른다. 어차피 살아가고 살아지니까.

그녀는 옛집이 밀려가고 옥수수밭이 되어버린 것이 차라리 잘 된 일이라고 생각했다. 설령 주인이 바뀌어 지금 이 자리에 옛집이 있었다고 하더라도 원 주인이었던 그녀 가족의 흔적은 그대로 남아있을 것이고, 설령 지금 이 자리 위에 누구넨가 새집을 지어 올렸다 하더라도 그녀 가족들의 냄새를 지울 수 없을 거다.

집이 있던 자리에서 풀이 자라고 꽃이 피고 곡식이 여물고 짐승들이 드나드는 풍경이 그녀에게는 오히려 위로가 되었다.

땅이 기억해주면 그뿐이 아닌가.

&

"어머머, 이게 이게 희경이 아니냐?"

경악을 감추지 못한, 반가움이 묻어있는 한 여인의 목소리가 그녀의 뒤쪽에서 들렸다. 그녀는 몸을 틀었다.

"어머머, 맞네 맞어. 희경이."

곱게 늙은 여인은 그녀의 손을 잡으려다 말고 어린애처럼 손뼉까지 쳤다. 짝. 짝.

그녀는 아무리 기억을 더듬어도 대체 누구인지 생각나지 않았다. 일단은 짧게 목례를 올렸다.

"세상에… 그동안 어디서 지냈다냐? 날 몰라보는 게구나. 그럴 수도 있지. 어릴 때 여길 떠났으니. 니랑 니 아버지랑. 나 방앗간 집 며느리. 작은 며느리."

여인은 자신을 확인시키기에 바쁘다.

"아, 네. 안녕하셨어요?"

그녀는 굽석 다시 인사를 드렸다.

"참으로, 참으로 이게 얼마만이다냐? 30년이 지났지"

"네, 꼭 30년만이네요."

여인은 그녀의 손을 잡았다. 방앗간집 아지미는 할머니로 늙어있었다.

"아버지는 잘 계시고?"

"돌아가셨어요. 이년전에."

"에고고. 수태 고생고생하더니만, 한사람 한사람 다 떠나고. 이 동네도 다 비었어. 나도 한국에서 3년만에 온거야. 그래 지금 어디 있어?"

"H시에서 살아요"

"잘 됐다. 잘 됐어. 이러쿵 저러쿵 해도 나중에 보면 다 살게 되어있어. 니 엄마가 불쌍하지. 지금도 오리떼들을 보면 니네 생각나는 거 있지. 오리부업 망했기로 그렇게 허망 목숨을 끊어버리다니. 니 엄마도 참, 지금쯤 니가 이렇게 살고 있는 것도 보면 좋기나 하지."

"…"

"애는? 신랑은? 요즘은 다들 자식 둘 가지던데. 몇이냐?"

"신랑은 죽었어요. 애는 없구요."

그녀는 여인이 놀라서 입을 닫기를 바랐다.

"뭐? 어쩌다가?"

여인의 목소리가 너무 높게 올라가는 바람에 물음표가 나올 부분에서는 목소리가 갈렸다.

"오빠는 샌프랜시스코에서 살고 있어요. 미국에요."

그녀는 뒤따를 지루한 질문이 예상되어 묻지도 않는 말을 하기로 했다.

"미국… 그래, 그래, 니 오빠 일도… 괜찮아, 다 괜찮아."

충격을 회복한 여인은 딱딱한 표현을 썼다.

그녀는 핸드빽에서 휴대폰을 꺼내서 만지막했다. 급한 일이 있음을 알렸다. 빨리 이 자리를 뜨고 싶었다.

"어디 가서 좀 앉지? 나 지금 촌장네 집으로 가는데."

그녀는 휴대폰을 흔들어 보였다.

"니 일 보라. 점심에 괜찮으면 우리 집에 들르고. 천천히 얘기 하자."

여인은 다시 한번 그녀의 손을 꼭 잡았다 놓았다.

그녀는 발걸음을 떼었다.

"아, 맞다. 희경아. 울 연수 니네 소식 묻던데. 깜빡했네. 내가 한국에 있을 때."

여인이 다시 그녀를 불러세웠다.

"연수?"

그녀는 몸을 돌렸다.

"연수 잊었어? 시내에 살던 우리 조카. 외조카. 지금은 R신분사 기자로 되었어."

"연. 수. 잘 돼셨네요."

"자랄 때 연수 보러 울 집까지 막 찾아다녔잖니? 니가. 배포도 좋았지. 그때는. 혹시 연락하려면 R신문사로 알아보면 금방 찾을 수 있을거야. 내께도 전화번호 있기도 하지만."

"그럼 전, 이만 가볼게요."

그녀는 다시 인사를 드렸다.

방앗간집 소년의 이름이 연수였음을 새삼 깨달았다.

나분과 그녀 사이에서 연수는 '방앗간'으로 은밀히 불려져서 자기의 정체성을 잃고 그들의 기억에 있었는지도 모른다.

나분의 행방을 물어보려고 여인을 다시 불러세우려다 관두었다.

나분이도 연수도 그때 그 일을 까맣게 잊어버렸을 것이다.

상처가 깊은 사람만이 오래도록 과거를 잊지 못하는 법이니까. 바람이 그녀의 머리카락을 스쳤다. 바람과 머리카락 사이로는 가을빛은 물들어가고 시간은 흘러갔다.

&

　돌고래라는 놈은 영리하기로 소문난 놈이지. 돌고래가 고깃배에
따라 붙는 날이면 우리 뱃놈들은 얼씨구지. 참치 한마리도 올라오
지 않는거야. 낚시에 걸려 올라오는건 참치대가리 뿐이야. 아가미쪽
까지의 고기를 말끔하게 뜯어먹고 입에 물려진 낚시가 두려워 그대
로 두는 돌고래이지. 고등어랑 성어리랑 미끼로 끼워눈 놈늘도 대가
리만 남겨져 올라오거든. 오징어는 돌고래의 식성에 맞지 않나 보더
라. 묵직한 오징어만 멀쩡하게 다시 낚시와 같이 올라오는 거 있지.
돌고래란 놈은 참으로 대단해. 그렇게 이틀만 어선을 따라 붙으면
선장은 지럴 지럴 하면서 어장을 바꾸어야만 하거든. 삼일은 공탕을
치는거지. 어획양이 제로가 되는 거지.
　근데 말이지. 사람이란 거 참 이상하지. 이렇게 한가하게 시간만
나면 옛일이 떠오르는 거 있지. 나빴던 일만 생각되는 거 있지.
　휘청대는 선미(船尾)에 앉아서 부글부글 괴어져 올려와서는 뒤
쪽으로 흰 물길이 이어지는 밤바다, 그런 바다를 멍청히 바라볼 때
면 괴로웠어. 그리워서 괴로운 거겠지. 희경이 니랑 아버지랑 그리
웠지. 함께 하지 못하고 그리워하면서 살아야 하는 내가 어이 없는

거지. 엄마의 자살도 내 탓일 수도 있지. 다 털어버리고, 홀홀 털어버리고 함께 하면서 이길 수 없어도 이겨내야 하는데… 그런 것쯤은 다 알고 있는 도리인데 안되는 거 있지. 비겁한거지. 비겁했지. 별수 없지.

다들 바다는 푸른색이라고 하지만 나는 바다의 색갈을 굳이 말하라하면 흰색 아니면 검은색이지.

처음으로 타이티 항구에서 배에 오르고 나서, 무슨 생각 했던지 알어? 비로소 나는 아무도 나를 모르고, 나도 아무도 모르는 곳으로 왔다 하는 생각으로 힘이 나는 거 있었지.

맞지 않는 세계에 억지로 자신을 맞추며 살기를 완전 포기하고 나니 자신과 어울리는 세계가 눈앞에 나타났다고 해야 할까. 아무튼 그래. 배멀미로 선상 구석에 처박혀 배속의 신물까지 뽑아올리는게 몸에 남아있는, 머리에 찐득하게 달라붙어 있는 찌꺼기들을 쓸어내는 기분이었다니까.

펄떡거리는 참치의 배속에 칼을 찔러넣고 내장을 끄집어낼 때면 신이 나는 거지. 상어를 끌어올려서는 꼬리만 몽탕 잘라서는 챙기고는 몸뚱이 채로 바다에 던지버려면 스윽 하고 배 뒤쪽으로 가뭇없이 사라져버리는 상어 몸체가 신기하게 느껴질 정도였지.

더욱 신기한건 말이지. 승선해서 8개월만에 상륙이 될 때였지. 어창에 참치 한가득 싣고 상륙하여 하역을 할 때 말이지. 말 그대로 망망대해에서 물밖에 보이지 않다가 육지와 가까워지면서 섬 자체의 윤곽이 바닷물 위에 감도는 안개 속으로 나타날 때는 신기루를 보는 것만 같더라.

저게 뭐지? 저게 뭐지 하면서 눈을 부비부비했지. 어떤 슬픔이 몰려오는 거 있지. 딱히 뭐라고 할 수 없는 슬픔, 가슴이 먹먹해지고 눈시울이 젖어드는 거 있지. 그러고 보니 우리는 슬픔의 작디작은 배들이 아닐까. 먹먹한 정적을 떠돌아다니는 작은 배들. 작은 배들의 슬픔은 그리움이었겠지. 슬픔은 슬픔대로 잠깐, 육지와의 8개월만의 재회라는 설렘으로 가슴이 벅차올랐어.

형님, 우리 술집 가서 한바탕 즐기자고 인도네시아 선원이 섬이 뚜렷하게 형체를 드러낼 때 옆에서 환호하듯 소리쳤어. 상어꼬리 말린 건 팔아서 뽀나스로 배분되거든. 그런데 상륙해서 첫발을 땅에 딛는 순간, 땅은 내가 살아갈 곳이 아니라는 걸 알아버렸어. 글쎄 흔들리는 어선에 이미 익숙해져서 걸음을 옮길 때 마다 휘청휘청하는 거야. 휘청휘청. 나는 이미 휘청휘청 넘어질듯 흔들려야 살 수 있다는 것을. 밤중에 술집에 가서도 휘청휘청, 모처럼 반갑게 맞아준 한인교회의 교회당에 앉아서도 휘청취청, 작은 섬나라에서 시간 맞춰 울리는 교회 종소리에는 모든 활동을 중지하고 묵도의 시간을 가져야 하는 침묵의 시간에도 휘청휘청. 이래서 뱃놈생활은 나에게 석격이라는 확신이 선거였지. 선상을 떠나면 내 존재감을 잃어버린다는 것을.

나 지금 술 많이 먹었어. 만취라는 것도 하는 건데. 사실은 술을 필름이 끊기도록 먹어보는 거 소원인데. 근데 그게 잘 안돼. 아예 안돼. 아버지한테서 유일하게 닮고 싶은 게 있다면 바로 그거야.

블랙아웃. 술을 먹고 필름이 끊겨 기억을 하지 못하는 현상인 블랙아웃. 아버지는 그래도 기억을 잃어버리는 한순간, 아니 하루밤이라도 있은거 아니냐, 불공평하지. 어찌 보면 아버지는 은근히 블랙아웃을 즐기고 있고, 또 그러길 바라고 술을 양껏 드시는지도 모르지. 아무리 술 많이 먹었기로 그 정도의 생각도 안난다는 게 본인이 저지른 실수가 실수였음을 술쪽으로 책임을 전가시키는 꼼수라고 생각했거든. 하지만 이튿날 야침이면 당황해하는 아버지의 모습을 보면 직감적으로 진짜구나 하는 생각도 들었지.

참 부러웠어. 그런 아버지가. 난 안돼. 아무리 먹어도 안돼. 술을 먹고나면 머리는 자꾸 과거로 돌아간단 말이야. 미래는 없고. 그것도 찌질한 과거로 말이지. 가끔씩 기억상실중에 걸려봤으면 하는 생각도 했었지. 어이없게서리.

그나저나 희경이 니는 영리한 돌고래처럼 생겼어. 이마가 차돌처럼 단단한게 딱 돌고래 같단 말이야. 돌고래 모형을 보면 괜히 니 생각나는 거 있지. 우습지. 그래서 하나 사왔어. 그리고 내게 손목을 내밀고 시계를 그려달라던 너를 자꾸 생각하게 돼. 왜 시계는 꼭 여름이 아닌 겨울에만 그렸을까고 생각도 하고. 아마도 겨울이면 손목에 그려진 가짜 시계를 감출 수 있어서 그랬을지도 몰라. 여름에는 대충 티 하나 반바지 하나라도 거뜬히 날 수 있기에 가난을 감추기에는 여름이 좋은데, 부유함을 가장하려는 가난을 감추기에는, 예를 들면 손목에 그려진 시계 정도는 겨울에 해야 하나 봐. 기억나지는 모르겠는데 그때 내가 그려줬던 시계의 시간들은 다섯시였어. 아침 다섯시이든 저녁 다섯시이든지 겨울의 아침과 겨울의 저녁 그 시간대가 나는 좋았거든. 그 시간대에 머물게 하고 싶었어. 널. 그 시간대는 평화로운 시간일 것 같았거든.

오빠는 어선에서의 첫 귀국후, 어느날인가 술을 먹고 돌아와서는 희경을 앉혀놓고는 주절주절댔다. 아마 오빠의 생애에서 제일 길게, 제일 많이 했던 말이 아니었는지도 모른다.

그렇게 오빠는 잠깐 2년에 한번꼴로 귀국했다가는 다시 어선으로 복귀되었다. 희경이 대학공부를 시작하고 나서는 아빠가 있는 동네로 들르지도 않고 잠깐 희경을 보러왔다. 돌고래모양의 온도계도 선물했으며 학자금과 생활비를 듬뿍 얹어주고는 또다시 떠나기도 하였다.

그러던 오빠는 어선에서 기름배로 갈아타더니 어느날엔가 미국에서 전화가 왔었다.

이젠 볼 수 없을 거라고. 불법체류로 미국에 정착하련다고 했다. 클대로 다 컸으니 혼자서도 자기길을 걸을 수 있을 거라고 믿는다고 했다.

미국이든 어디든 드디어 오빠는 땅에서 살겠다고 결심했다니 희경은 다행이라고 생각했다. 미국가서 소식이 뜸해지더니 8년이 지나서 메일로 사진을 보내왔다.

결혼했다고, 와이프와 아이들 함께 찍은 가족사진을 보내왔다. 사기단지와 같이 무척 단단하고 윤기가 도는, 톡 튀어난 이마를 한껏 자랑하며 구불구불한 머리를 뒤로 올백으로 빗어 넘겨 묶은 여인이 두 아이를 앞에 세우고 오빠에 봄에 기대서서 사진 바깥쪽으로 향하여 활짝 웃고 있었다. 여인의 섬세하고 조각같은 얼굴, 갈매기의 날개처럼 각진 눈섭, 쌍거풀의 왕방울눈과 작고 곧은 코, 도톰한 입술, 윤이 흐르는 밤색 피부는 건강하고 활달한 돌고래를 닮아있었다. 여인의 이름은 라헬, 인도여인이라고 했다. 두 아들은 오빠를 빼어닮은듯하면서도 엄마 라헬의 이국적 냄새를 뿜고 있었다.

파란 가을 하늘과 파란 잔디, 흐르는 공기마저 파랗게 물들어져 있을듯한 날씨에 공원에 소풍 나왔다가 어느 지나가는 소년에게 카메라를 부탁했던지 오빠와 라헬의 눈빛은 조금은 아래로 내려왔으며 두 아이의 눈망울은 약간 위쪽 방향으로 반짝거렸다. 오빠의 턱 아래 보조개는 라헬과 두 아이를 내려다보고 벙그레 웃고 있었다. 희경은 오빠의 행복을 빌고 빌었다. 울면서 웃었다.

혼혈이라는것은 피와 눈물이 섞인 것.

&

강림촌의 흙길은 아스팔트로 변해있었지만 횡단보도와 신호등은 없었다. 띄엄띄엄 가속방지턱은 설치되어 있었다. 그녀의 별명이 아주 잠깐 "횡단보도"였었기 때문이었는지는 몰라도 우연히 옷깃을 스쳐 지나가는 낯선 사람에게 눈빛이 가게 되는 것처럼 그녀는 신호등 대기시간에 횡단보도를 멀거니 바라보고 있으면 즐겁지만 않은 어린 시절의 "횡단보도"를 떠올렸던 적도 있다.

무수한 차량들의 바퀴회전과 바쁜 길손들의 발자욱에 희미해졌다가는 또다시 산뜻하게 색을 올려지는 횡단보도, 중국말 그대로 "줄말선(斑马线)"은 줄말 몸뚱이의 우아한 선의 흐름을 도로에 옮겨 새겨 안전지대 혹은 금지의 또 다른 하나의 표기이도 하다. 뚫려만 있으면 길이 될 수 없으며 그곳에 갖추어야 될 모든 요소를 담고 있어야 도시에서는 길이라고 말할 수 있으리라.

신호등이 바뀌길 기다리는 사람들은 무관심한듯, 초조한듯, 짜증난듯 횡단보도를 마주하고있다.

살면서 잠깐씩 쉬어가라는데 쉬는 걸 부담스러워 한다. 불확실한 시대에는 어떤 일이든 일어날 수 있다. 바쁘게 움직이는 사람들에게 삶은 또 가볍지만 않은 블랙유머들을 툭 던져준다.

길 위에 선 모든 것들에게는 늘 위험이 곁에 있다.

마을과 마을 사이를 누비고 다니는 시골버스가 동네 광장 앞에 정차했다. 버스에 오르는 사람은 그녀뿐이었다. 윗 동네 한족마을에서 내려오는 버스였다. 버스안의 찐득한 공기가 얼굴에 달라붙었다. 버스에는 그녀를 포함해서 승객이 셋만 달랑 올라타 있었지만 꽉 차있었다. 시골과 시내의 물건을 실어나르는 짐차라 하는 게 합당할듯하였다. 그녀는 환기가 되도록 차창을 열고 자리에 앉았다. 가느다란 한숨이 새어져나갔다.

간다, 간다. 입속으로 자그마하게 되뇌였다. 그녀의 입속에서 나온 소리는 차창 너머의 허공으로 풀려나갔다.

언제 다시 오게 될지 모를, 영원히 찾지 않을 고향.

알콜성 치매로 한결 자유로워진 아빠가 요양원에서 당신의 고향 친구들은 다 어디갔냐고 투정부리면서 비어버렸다고 했던 고향.

버스는 조급하게 움직였다.

차창 밖의 풍경은 바뀌어갔다.

가로등이 휙휙 지나고 파란 양철지붕의 화장실,

허물어진채 쌓여있는 초가집의 잔해,

그 위에 웃자란 풀들이 지나갔다.

괜히 놀라서 파다닥 날갯짓 하는 오리무리들을 지나고.

담장 밑 코스모스를 지나고.

잎과 잎. 대와 술을 서걱서걱 소리나게 비벼댈 옥수수대를 지나고.

비어버린 논밭을 지나고.

늪을 둘러싼 언덕을 지나고.

과속방지턱을 지나.

아래 동네인 한족동네를 이어주는 다리를 지나.

한족동네 정거장에 잠깐 멈춰서 승객 둘을 마저 태우고 한족동네
의 집, 목재가공소, 작은 슈퍼, 병원, 길가에 나선 사람, 강아지를 지
나,

레루 위를 힘차게 달리는 기차를 지나.

버스는 N시에 들어서고 있었다.

스쳐지나는 모든것들을 기억의 테이프에 하나도 빠짐없이 기록해
두려는듯 흔들리는 몸을 가누면서 그녀는 피곤해서 풀려지는 눈을
안간힘을 다해 필사적으로 크게 떴다.

눈뿌리가 아파났다. 애써 기억하려고 하는 것들은 오히려 쉽게 지
워지고 기억 속에서 쫓아버리고 싶은 것들은 생생하게 되살아난다.
잊고저 하는 욕망은 기억하고저 하는 가장 강력한 동기임에야.

대춘이 그녀와 갈라서면서 울었다.

마음을 열어요. 함께 하는 거잖아요. 혼인을 한 이상 우리는 각자
가 아니예요. 당신이 품고 있는 슬픔을 나누어야 한다구요. 슬픔은
나누면 배가 줄고, 기쁨은 나누면 배가 는다고 하지 않습니까? 내가
곁에 있어줘도 늘 외로워 하는 당신, 무엇이 당신을 외롭게 하는지,
무엇이 당신을 괴롭게 하는지 알고싶어서 미치겠다니까요. 그러나
당신은 늘 혼자였습니다. 늘. 언제나. 외로운 두 영혼은 서로 보듬어
줄 수 있겠다는 기대가 있었지요. 하지만 나의 외로움은 당신의 외
로움에 더욱 외로워져 갔습니다.

외로움한테 외면당한 외롬움, 그 괴로움은 당신은 잘 모를겁니다.
당신은 외로움을 작정했기에 덜 외로울수도 있겠지요? 그런가 봐
요. 사랑을 통해 자신이 누구인지 알면 거기서 멈춰야만 하나 봅니

다. 너무 사랑하지도 말고, 너무 알려고도 하지 말아야 하지요. 너무 알려고 한다는 것은 상대방의 정체성마저 요구하는 짓이 되겠지요. 너무 잘 알아서 상대방의 마음속에 들어왔다고 생각되는 순간 고개를 들어보면, 상대방은 건너편에서 멀거니 나를 바라보고 있다면 절망적이지요. 절망. 누군가를 완전히 알아버린다는 건 불가능하지요. 설령 깊이 사랑한다고 해도. 그래서 사랑의 적정거리라는 게 있다고 하는가 봅니다.

대춘은 한음절 한음절 악을 쓰듯 뱉어냈다.

그녀는 고개를 떨군 대춘의 머리를 만져주고 싶었다.

대춘의 보드라운 머리를 올올이 쓰다듬어 주고 싶었다.

마음 먼저 제멋대로 움직이려는 손을 겨우 말렸다.

그러니까 미용원 손님 때의 대춘의 머리를 감겨주고는 결혼하고 나서 머리를 감겨주고 머리를 맡기고 하는 행위가 없었던 것을 그녀는 기억해냈다.

한달에 한번꼴로 머리를 자를 때를 제외하고는. 대춘과 그녀 사이가 이 지경까지 오게 된 원인이 머리를 감겨주지 않았기 때문일지도 모른다고 그녀는 터무니없는 후회를 하고 있었다. 서로가 서로에게 익숙해진다는 게 얼마나 위험하고 무서운 일인지도 알게 되었다.

대춘은 그녀의 곁을 떠났고 횡단보도에서 신호등을 무시한 차량의 사고로 죽었다. 짧은 인생을 마치고. 자기가 문득, 어느날인가 사고를 당할 수 있다고 예언을 했었던듯 생명보험을 해두었으며 그 수혜자는 "강희경"으로 되어있었다.

그녀는 N시에 도착되었다는 기사님의 웨침소리에 자리에서 일어났다.

버스에서 내리면서 그녀는 좁고도 깊은 블랙홀을 떠올렸다.

146

블랙홀

&

해질 무렵의 N시 기차역 광장.

그녀는 기차 시간을 기다리고 서있었다.

입구쪽으로 밀치락달치락 하며 북적이는 사람들.

바쁘게 급하게 종종종 사고팔고 짐 나르는 짐꾼.

호객을 하는 택시 기사.

울려퍼지는 기차역 소음들.

이별의 시간이 가까워지면서 애처롭게 부둥켜 안고 있는 젊은 연인.

막대기 사탕 사달라고 졸라대는 아이.

외설스러운 잡지를 매대에 눕혀놓고 끄덕끄덕 졸고 있는 할아버지.

포장마차에서 몰려나오는 양꼬치 구워지는 누린내와 목탄연기.

기차역 불빛.

출장나온 남자들에게 화끈하게 즐기 수 있는 곳을 추천해주는 아줌마들의 억센 목소리.

카메라 셔터가 터지고 왁짝지끌하는 무리의 소녀들.

눅눅한 습기.

차계란 삶은 냄새.

시간은 느리게 흐른다.

길위에 선 그녀.

오빠가 그녀의 손목에 그려주었던 그 시간대인 다섯시가 되어간다.

8초

7초

6초

5초

4초

…

4. 세상사는 것처럼(1)

&

그 해 겨울의 밤은 추웠다.

강필두가 강림촌을 떠나던 1985년 겨울밤은 강림촌으로 왔던 20년 전인 1964년의 겨울밤보다 추웠다.

몸을 떨면서 이사 들었던 고장에서 강필두는 몸을 떨면서 떠났다. 겨울처럼 세상이 춥다고 느끼면서. 강필두가 잘 살아 보려던 욕망은 파멸되었다. 이루어진 욕망은 숨어있던 욕망을 드러내는 법, 하지만 강필두의 미완성된 욕망의 파멸은 숨겨둔 욕망마저 삼켜버렸다.

강필두에게 가장 행복했던 시간은 말년의 알콜성 치매로 오는 기억상실일 수도 있었다. 강필두가 죽은 곳은 30년을 살았지만 언젠가는 꼭 떠나야만 할 것만 같았던 D진의 요양원이었다.

강림촌에서 강필두는 10년 동란을 겪었다. 상종하기 싫었던 고향 사람들을 등지고 처가마을 강림촌에서 익숙하지 못했던 사람들에게 우파모자를 쓰고 꿇고 앉았었다. 아내 조순재의 고향이었기에 강필두가 겪었던 수모보다 조순재의 모멸감이 진저리칠 정도였다. 자신이 겪고 있던 억울함과 수치, 분노와 고통의 무게가 역으로 고스란히 가장 가까운 사람이 감당할 수 없는 경계의 한끝으로 몰아가는 것을 속수무책으로 바라보는 유죄감은 더 견딜 수 없었다. 1.5미터의 길이의 고깔모자의 추락을 막아내야 하는 인내, 증오로 휘갈긴 '반혁명 강필두'라는 먹물 붓글씨 위에 붉은 X의 부정표기가 덧대어진 가슴팍에 드리워진 팻말, 팻말 양단의 1킬로그램의 쇠덩이 두개의 중력을 버텨야 하는 목덜미의 압박감 등등은 조순재에게로 향한 유죄의 댓가로 역으로 생각하니 견딜 만도 하였다.

요양원 침대에 누워 죽어가면서 강필두는 시간의 흐름을 재고 있었다. 더딘 듯, 빠른 듯 하였다. 아득한 저 끝의 어둠 속으로 밀려가는 시간은 살아온 생의 결들로 촘촘하게 엮어지면서 확실했다. 밀려간다 밀려간다 밀려간다. 그러고 있다 보면 어느 순간에 시간은 요양원 천정에 되돌아와서 고정되었다. 이러기를 반복하다가 강필두는 죽었다.

강필두의 죽은 몸에서 영혼은 한동안 머물러있었다. 영혼이 머물러있는 그 시간의 요양원방은 강필두 홀로였기에 고요한 안식이었다. 영혼이 빠져나간 이튿날 아침, 요양원 원장님이 강필두를 안아 들어올릴 때 몸은 가벼웠다고 한다.

강희경은 아침 9시가 넘어서야 깨났다. 휴대전화에는 '부재중 전화' 3건이 떠있었다. 요양원 원장님의 전화였다. 긴급일 듯 싶었다. 강희경은 침대에 걸터앉아 환자의 슬리퍼처럼 외로워보이는 자신의 실내화에 발을 끼워넣다가 원장님의 폰번호를 눌렀다.

"아버님 운명하셨습니다."

원장님은 왜 전화불통이더라 뭐 이런 전주를 삭제하고 본론으로 들어갔다. 살아남은 자에게 어찌됐든 친인의 죽음을 받아들여야 한다는 강한 배려일 듯 싶었다.

강희경은 잠깐 언어기능을 상실한 채 침묵에 결박되었다. 혼자서

153

하는 침묵은 덜 외로울 수 있었지만 휴대전화를 사이두고 익숙하지 않은 상대와 함께 나누는 침묵은 견디기 어려웠다. 하물며 아버지의 죽음이 끼어있는 타인과의 침묵은 더 어려웠다. 강희경은 항공편을 알아보고 곧 출발하겠다고 답했다. 떠나면서 다시 연락드리겠다고 했다.

"수고하셨습니다. 수고하고 계십시오."

강희경은 원장님께 인사를 끝내고 눈가로 번지는 눈물을 닦아냈다. 타인의 목소리가 들려올 수 있는 휴대전화를 잡고 있던 오른손의 손등으로 눈물을 닦아냈다.

강필두는 강희경의 휴대전화로 연락하지 않았다. 치매증상이 거쳐가고 제정신으로 돌아오면 강희경의 집으로 전화를 넣었다. 받을 수 있는 가능성은 거의 없었다. 강필두는 휴대전화로 하라는 강희경의 구박에 '집에 없는 거 알고 전화했다.'고 일축해버렸다. 강희경이 기거하고 있는 공간에 울려퍼지는 전화벨소리를 상상하며 강필두는 무슨 생각을 했을까?

강희경은 냉장고에서 냉수를 꺼내 목구멍으로 넘기다가 차오르는 슬픔으로 주저앉았다. 혼자 사는 집에서 한껏 통곡이라도 할 수 있었지만 강희경은 눈물을, 울분을, 슬픔을 삼키는데 버릇되어 주저앉아 두 무릎 사이에 머리를 끼워넣고 들먹이었다. 한참을 그러고 있다가 휴대전화를 다시 찾아들었다. 미국에 있는 강희수의 폰번호를 눌렀다. 강희수는 신호가 두번에서 세번으로 넘어갈 때 전화를 끊었다. 다시 걸려온다는 신호였다.

강희경은 숨을 고르면서 긴 머리결에 손빗을 넣었다. 전화벨이 울렸다. 강희경이 전화를 받자 강희수가 먼저 말했다.

"어, 희경아."

언제고 강희수는 말이 짧았다.

"네. 돌아가셨대요."

무심한 듯한 강희경의 역시 짧은 말은 더욱 비애가 섞여있었다.

"어."

강희수는 말을 잇지 못했다.

"어제 밤에 돌아가셨대요. 아버지가."

강희경은 말과 말 사이에 끼어드는 적막이 싫어서 다시 말했다.

"그래, 편하게 가셨겠지?"

"아마도."

"니가 고생이 많다."

"못 오는 거지요? 안 오는 거지요? 오빠."

"니가 알아서 해라. 희경. 굳이 찾아간대서 달라지는 것은 아무 것도 없겠지?"

"달라지는 것은 아무 것도 없겠지만 오빠도 내려놓을 때 안됐어요?"

"이미 내려놓은 지 오래다."

"알았어요."

"근데 희경, 니 계좌번호 주라. 입금할게."

"썩 후에 이자 쳐서 받을게요."

"그러던지. 니만 고생이 많다."

강희경은 강희수와 통화를 끝냈다.

"미안해요. 오빠." 하고 말하고 싶었다. 미안이라는 말 한마디로 속죄할 수 있을 정도의 미안이 아니라는 걸 잘 알고 있었다. 준비도 안된 상대에게 하는 사과는 사과도 아니다, 사과를 받아준다고 해서 자신이 저지른 죄가 없어지는 게 아니다, 속죄는 평생 짊어지고 가야 하는 짐이다. 강희경은 이렇게 믿어왔고 자신을 괴롭혀왔다.

강희경은 원래 다니던 여행사에 전화해서 오후 티켓을 끊었다. 보험회사에 전화를 넣었다. 급한 사정으로 보험회사 방문을 일주일 뒤로 재예약했다. 전 남편이었던 대춘이 교통사고로 사망된 뒤에야 강희경은 대춘이 생명보험을 해두었으며 그 수혜자는 '강희경'이라는 걸 알게 되었다. 보험회사에서 다녀가라는 전갈이 왔었다.

강희경이 D진 요양원에 도착했을 때는 저녁무렵이었다. 요양원의 손님접대실을 조촐한 장례식장으로 꾸며놓았다. 강필두의 시신은 기거하던 방에서 강희경이 오기를 기다리고 있었다. 원장님과의 간단한 인사를 끝냈다. 원장님의 안내에 따라 강필두의 방으로 강희경은 들어섰다. 원장님은 조용히 문을 닫아주고 물러갔다.

강필두는 이미 깨끗한 옷으로 갈아입혀져서 침대에 누워있었다. 깊은 잠 속에 빠져든 사람 같았다. 침대 밑이며 방 어디에도 슬리퍼며 신발도 보이지 않았다. 강필두는 이젠 걷는 존재가 아니었다. 신발이 놓여져 있지 않는, 침대에 누워있는 죽음의 쓸쓸한 적막을 강희경은 온몸으로 느껴야 했다. 다시 일어설 수 없는 강필두는 모든 기억의 끈을 놓아버리고 죽기 전, 밀려가던 시간의 저 끝 어둠 속으로 걸어들어갔다. 강희경은 강필두의 가난과 고뇌에 빨려서 홀쪽해진, 굴곡이 심해진 양볼을 오래도록 쓰다듬었다. 그리고 입관되었다. 관뚜껑을 덮기 전 강희경은 나비머리핀을 강필두의 손에 쥐어주었다.

1985년 강림촌에서 강필두와 함께 야반도주하던 강희경의 손에 꼭 쥐어졌던 나비머리핀이었다.

강필두가 누워있는 관은 손님접대실의 벽면 쪽에 걸어놓은 영정

사진 아래로 안치되었다. 요양원 동료 할머니와 할아버지들은 꺼벅 꺼벅 졸다가 9시가 되기도 전에 각자의 방으로 흩어져갔다. 남은 사람은 강희경과 원장님 그리고 이태수였다. 한족인 원장님은 이태수와 강희경의 조선말 대화에 지장이 된다면서 먼저 자리를 떴다.

이태수 할아버지가 그기 누기야, 그기 누기네 집 앞쪽, 그기 뒤집에 살던 뭐 이런 식으로 강희경에게 강림촌 어느 누군가를 소개하면서 강희경에게 자신의 신분을 확인시키기에 고심했지만 강희경으로서는 초하룻날 장터에서도 본 적이 없는 듯한, 기억에 없는 할아버지에 불과했다.

"그기 말이다. 필두 이 양반, 강림에 처음 왔을 때 말이다. 어디서 이런 골방샌님이 있었나 했더랬다. 우리 아버지, 저 세상 갈 사람이 아버지 하니까 우끕지. 우리 아버지 강림촌 지서였더랬다. 일자무식인 아버지가. 동네 글 깨친 사램 거의 없었더랬더. 우리 집 고간으로 필누 양반과 니 엄마가 이사 늘었지 머야. 공사에서 내려오는 문건들은 다 필두 양반이 번역하고 써주고 그랬더랬더. 지금 말로 하면 비서 노릇이겠지무. 그란데 필두 양반은 고집이 와늘 질기지. 까놓고 말하믄 머리가 돌이란 게야. 그기 말이다. 죽은 사람 두고 하는 말 아니깅 한데. 오리부업 망했기로 인사 한마디 없이 밤중에 강림에서 도망치다니. 모르지. 강림이 이 갈렸을지도. 우파투쟁도 강림, 아들 억울한 강간범 엎어 쓴 것도 강림, 순재 자살한 데도 강림. 강림이 필두 양반께 좋은 추억이 될 고장은 아님메."

강희경은 강필두의 영정사진과 이태수를 번갈아 보았다. 강필두가 건강이 퍽 좋기 전에 미리 영정사진을 준비해두었던 듯 사진 속의 강필두는 사진 바깥을 선량한 눈빛으로 굽어보고 있었다. 강필두가 갇혀있는 관속과 사진 속의 바깥은 정숙했다.

"그기 말인데, 미친 세상이었더랬더. 그 때는. 미친 척 함서 세상 살믄 될꺼정. 돌대가리 필두 양반. 귀는 팔랭개비고 의욕은 하늘에 삿대질하고. 부자 된다꼬 오리부업은 쓰잘데기 없이 하고. 문화대혁명 때 혼난 거 봉창한다꼬. 돈, 돈, 돈. 세상이 좋아졌기로 골방샌님에게 돈따발 쏟아질리야. 돈이면 귀신도 부린다고 하니 귀신도 돈 좋아하는메. 낼 아침에 귀신돈 마이 불태워서 보내줄꺼정? 평생 써 보지 못한 돈 다 태워줄꺼정?"

이태수의 푸념에 강희경은 고개를 끄덕였다. 강희경은 문득 전남편이었던 대춘의 말을 떠올렸다.

"남자들이 평생 동안 면도하는데 사용하는 시간은 3350시간!"

강희경은 강필두의 면도시간이 3350시간이 되었을까고 궁리했다. 남자들 평생의 나이 기준과 면도 차수가 모호한 시간 계산법이었지만 강필두의 면도시간은 평균치의 반에 반 정도나 될까고 강희경은 추정했다. 다행 입관이 될 때 강필두의 코 밑과 턱 밑은 면도가 되어 말끔했었다. 버리기 직전의 수세미 같은 귀털은 귓구멍을 덮은채 제멋대로 피어있었다. 소음으로 시끄러운 세상을 무시해버리려는 듯.

&

　강필두는 '파란 돼지의 해'인 을해(乙亥)년 1935년생의 돼지 띠로 태어났다. 하지만 복돼지로는 될 수 없었다.

　강필두가 조순재를 따라 처가마을 강림촌에 이사오게 된 것도 강필두의 도피라면 도피인 셈이다. 조순재와 혼약이 있게 된 것도 삶이 신산하다고 느껴지면서 될 대로 되라는 식의 자포자기였다.

　강필두는 중등전문학교를 졸업하고 N진의 조선족 초등학교에 배치되었다. 딱히 규정된 과목이 없이 닥치는 대로 수업을 하게 되었지만 학교내의 미술수업을 주로 맡아했다. 초등학교 선생님이라는 직업은 전업화가로의 신분 상승을 위한 과도기라고 강필두는 믿고 있었다. 화가 지망생이었던 강필두는 자신의 그림 못지 않게 미술수업에도 열성을 쏟았다. 열혈문화청년의 개성을 불태웠다. 그것이 화근이 되어 학생들에게 '불건전한 사상을 주입하는 교육자'라는 감투를 쓰고 학교에서 쫓겨나서 N진 술공장으로 전근발령이 되었다. 술공장의 단순노동자로 좌천되었다.

　자신의 미래를 박력 있는 붓질로 장식하던 강필두에게 술공장의 벼껴 찌꺼기를 퍼담는 삽자루는 치욕이었다. 과거도 미래도 없는 암울한 현실에서 강필두가 가까이 할 수 있었던 것은 술이었다. 강필두의 아버지는 강필두가 중등전문학교에 입학되던 해에 세상을 뜨면서 가세는 기울었으며 가장 노릇은 10세 이상인 형님 강필범이 형수님과 함께 이어갔기에 집으로 돌아가기는 죽기보다 싫었다. 술에 빠져 세월을 허송하는 강필두가 딱해보였던지 함께 일하던 사람이 강필두를 구원할 수 있는 방법은 결혼이라며 여자를 소개해주겠다고 나섰다. 술김에 맞선을 보겠다고 했던 호언이 있은 바로 이튿날, 조순재를 만났다.

조순재와 맞선을 보고 헤어지면서 한주 뒤의 일요일로 강필두와 조순재의 데이트는 약속되었다. 약속 전날 과음주와 더불어 신열로 강필두는 약속장소로 나가지 못했다. 강필두의 몸은 신열로 뜨거웠지만 바깥은 추웠다. 아무리 이불로 몸을 감싸도 오한으로 덜덜 떨렸다. 몸에 번진 땀들은 이불에 배어져 목덜미에 닿는 이불깃은 섬뜩했다. 이불 감싸기를 거듭하면서 외로워서 죽고 싶다, 죽고 싶다, 죽고 싶다 되풀이하다가 강필두는 혼미에 빠져들었다. 언뜻 정신을 차렸을 때는 시간 감각을 잃어버렸다. 자신의 싸늘하게 식은 이마에 닿아진 사람의 살을 느꼈다. 포근했다. 눈물이 나려고 했다. 병든 사람은 이마에 얹혀지는 손이 청결한지를 묻지 않으며 죽어가는 사람은 이마에 입맞춤해오는 입술이 살인자의 것이라도 상관하지 않게 되는 법이다. 몸은 피폐해지고 정신은 병들어버린 강필두는 조순재의 손에 이마를 맡겼다.

소요가 밀려간 영원이라는 시간을 떠올리며 그 시간 속에서 홀로 울고 싶었다. 홀로움, 강필두는 사람의 냄새를 그리워했던 것이다. 온몸에 박혀있던 가시가 물러지면서 강필두는 선량해지는 자신을 볼 수 있었다. 그 시각, 강필두는 이미 평범한 삶이 되어버린 자신의 현실을 받아들이고자 하였다. 한 여자를 만나서 결혼하고 아이를 낳고 평범하게 사는 삶을 선택했다. 삶이 걸어온 제안을 강필두는 거부할 수 있는 권리가 있었지만 의무처럼 수락할 수 밖에 없었다.

조순재는 석재공장의 돌까기 임시공으로 강필두는 술공장의 노동자로 가정이라는, 주거를 기반으로 의식주 생활을 공유하는 생활공동체가 형성되면서 새로운 사회집단이 구성되었다. 하나의 집단은 또 다른 공간이 되기도 한다. 함께 하는 공간 속에서 함께 하는 시간은 구성원들의 인고와 정열을 필요로 한다. 임시거처로 마련된 술공장 창고를 개조한 숙소방, 구들 위의 이불 속에는 강필두의 전신에 찌든 술찌꺼기의 시큼한 발효냄새와 땀냄새가 진동했으며 조순재의 닳고 찢기고 터진 손바닥과 손등에 말라붙었던 피딱지가 굴러다녔다.

비루하고 고단하고 치졸한 삶의 밤은 언제나 일찍 시작되었다. 일에 지친, 곤궁한 두 얼굴은 지척에 있어도 서로를 분간할 수 없었다. 신문지를 깔고 구들목에 일제히 입을 벌리고 누운 신발들의 검은 비명은 강필두의 이 가는 소리와 조순재의 코골이 소리에 먹혀버렸다. 살판이 난 쥐들이 방방 날뛰고 다녔다. 하지만 어떤 마음은 새벽마다 강필두와 조순재를 달구었다. 서로의 알람이 되어가는 서로의 몸이었다. 강필두는 쇠처럼 단단해졌다. 조순재는 용광로처럼 불탔다. 용광로 속에서 쇠는 철물로 용해되었다. 철물은 또 하나의 주물로 주조되었다.

강필두는 내면으로부터 괴어오르는, N진에 남아있음으로 떠오르는 자신을 향한 혐오를 지울 수 없었다. 조순재가 임신 4개월 무렵, 강필두는 조순재를 설득하여 강림촌으로 이사가서 농사짓기로 하였다. 처가마을의 도움으로 아예 호적도 처가마을로 옮겼다. 땅을 두

161

고 하늘을 바라며 사는 온전한 농민이 되자면 호적부터 바꾸어야 한다는 강필두의 고집에서였다. 강필두의 학력증명서처럼 농민이 되는 데도 자격증이 필요하다고 강필두는 확신하고 있었다. 강필두는 자신의 음주병이 술공장의 탓인 듯 술공장을 멀리해야 한다는 얼토당토않은 이유도 만들어냈다.

처가집 일가친척들의 썰렁한 환영식이 있었다. 조순재는 가족을 배신하고 한 남자에게로 가버린 죄의식을 치르 듯 고개를 떨구고 입을 닫아버렸다. 강필두의 유식을 애써 물리치려고 하는 무식한 말들은 조순재의 엉덩이에 바늘방석으로 깔려갔다. 농민들을 무식한 존재라고 생각했던 강필두의 편견은 오히려 뻔히 드러나게 된 꼴이었다. 호랑이 장인어른의 대통이 당장 날려들 직전이었으며 일가친척들은 비난의 쓴웃음을 보냈다. 어떤 무리에 끼어드는 전제는 존중으로부터 시작된다는 것을 강필두는 나중에야 깨치게 되었다.

어스름이 깔리기 시작한 겨울의 어느 저녁 무렵, 강필두는 조순재와 더불어 강림촌에서 불어오는 바람의 차거운 혀의 핥음을 받으며 오래도록 서있었다. 이영을 얹고 납작 엎드린 초가집들, 가가호호의 굴뚝에서 토하는 연기들은 대기속에서 제멋대로 풀어지면서 그림자를 만들어갔다. 무질서하게 흩어지고 뭉쳐지는, 뭉쳐져서는 다시 흩어지는 연기 그림자들의 흔들림은 헐벗은 백양나무 가지 끝에 처연히 내려앉았다. 강필두와 조순재는 이삿짐에 눌리우고 처진 자신들의 불확실한 그림자를 밟으며 강림촌으로 걸어들어갔다. 그들의 그림자에는 무서워하는 표정이 있었다.

포도동.
포도동.

후두둑.

후두둑.

저녁새들의 날개짓 소리가 들려왔다.

1964년 겨울밤은 추웠다.

강림촌에서의 첫날 겨울밤은.

강필두의 겨울밤은.

&

순재가 14세 때 조순재의 엄마는 조순재를 남편 몰래 중학교시험 장으로 보냈다가 남편의 손아귀에 머리채가 잡혀서 마당을 다섯바퀴 질질 끌려다녔단다. 마당에 널려진 조순재 엄마의 머리카락에 놀라서 눈치머리 없던 3년 묵은 거위들도 구석으로 피해 달아나서 피신을 했단다. 거위들의 주둥이 양옆으로 뚫린 콧구멍으로 단김이 새어나갔고 눈알은 흰자위가 보일 정도로 돌아버렸다고 한다. 옆집의 바람기 많던 숫캐도 꼬리를 뒷다리 사이로 바싹 끼워넣고 경사진 골목길을 에돌아 줄행랑을 하다가 굴러떨어져 돼지똥물에 처박혔다고 한다.

호랭이 영감탱이 그 바람으로 날 쫓아온기라. 순재 가스나, 거 서지 몬해. 자꾸 뛰믄 다리갱이 뿐질러 놀끼다. 할딱대며 뛰다가 호랭이 고함에 난 서버렸어야. 다리갱이 뿌라지는 게 무서븐 게 아이라 힘이 읊었지라. 호랭이 손바닥에 목덜미 잡히갖꼬 공중에서 바둥거렸제라. 숨이 칵 맥히고 하늘이 노래지는 게라. 정신 채리고 봉께 땅바닥에 꼬꾸라져있는 게라. �짝쫙 갈라터진 호랭이 발뒤꿈치가 눈앞에 있어야. 와 눈물도 안 나데. 너무 무세븐 게라. 니 할배 얼맹키로 무서봤다는고 허믄, 밤중에 참외 홈칠라꼬 갔다가 참외밭에 앉아있는 니 할배 보고 호랭이 봤담서 지 자리서 오줌 갈기겠노. 성대가 그날부터 자다가 이불에 오줌 싸재끼는 병 들어버린 게라. 그라게 내가 까박 정신줄 나버린가벼.

날 내뿌이라고 혔던 사램도 니 외할배었제. 세살 때 조선땅서 건너올 때 말이제. 이질에 걸려 빼빼 마르꼬 머리르 들도 몬허는 내르 니 외할무이 등에 업었제라. 내뿌이라꼬 허는 니 할배 말도 무섭지도 안혔다제. 조선땅 어디멘고 하니 깅상도 대구 어디라꼬는 혔는데 내뚜 몰라야. 조선땅서 머 혀싸서 먹고 살았는지 잘 살았던가벼. 기생집 가스나 자건거 뒤에 태워갖꼬 여보라 험서 일부러 니 할무이 집 앞을 지났대나. 머리는 기생오라버니맹키로 기름 처발르꼬. 휘파람 쌕쌕 불민서. 그란데 세상 일 누꼬 알겠노? 난리 났지라. 일본놈 허꼬 쏘련마우재는 와 남 마당서 쌈허고 지럴혔싸겠노? 그 지럴 난리에 니 할배랑 할무이랑 지 마당 쑥대밭으로 된 거 버리꼬 여로 온기라. 그 난리 읎었음 지 땅서 살았제라. 다 남자들, 남자들 지랄발광혀서 그리된겨. 뭐신고 카든 쌈은 서나들이 허는 거사. 호랭이 니 할배 말이제, 기집들은 사람 취급도 안 허능기라. 중학교 시험서 자꾸 떨어지는 니 큰 외삼촌 공부시킨다꼬 온데루 끌고 다닝 게라. 가스나들 공부시켜바야 남 좋은 노룻 시킨다 싸메. 열네살에 논밭에 끌레나가 여태 이 모냥 이 꼴이제. 하따, 공부만 쪼까 혔었더래도 니 아부지 만나 이 고상 안 허고 살긴데. 니 외할무이 사는 꼴 보고 천하 어느 머슴아도 믿지 않코롬 혔제. 평생 시집 안 간다꼬. 하따, 긴데 땅에 코 처박고 십년 다 되게 일허다 본께 억울헌기라. 그 때 딱 니 아부지 나타났제. 중매군이 공인이라꼬 헌께, 먼 빙신이래도 공인이면 된다꼬 덜커덕 만나서 결혼혀뿌었제. 땅에서 도망갈라꼬 결

165

국에는 남자에게 시집가뿐인 거제. 임시공 일년이나 혔나, 도로 여로 온기라. 휴~ 그 후에 문화대혁명 난리에. 목숨 퍼렇게 살아있는 사램 말은 안허기로 허고. 그 때는 당장 칵 죽고 싶었제라. 희수르 포대기에 싸서 강가에 몇번이고 댕겼어라. 그 때 칵 죽어버맀으믄 니뚜 읎었겠제. 그란데 요상헌 건 말이제. 니 할배는 사흘이 멀다꼬 니 할무이 머리채 끌고 댕김서도 울 칠남매는 어이 맹글어냈노 몰라야. 사능 게 그라고 그렇제. 오늘 내 말투 어색혀? 그랴, 오놀엔 니 외할무이 보구잡아 그러능겨. 깅상도 할무이. 깅상도 사투리 흉내낼라카이 잘 안되능겨. 깅상도 할무이 저 세상 돌아가실 때 머리카락이 몇올 읎었제. 빠져서 없는 머리 꽁지서 비녀 겨우 끼워줬제. 거기 가서라도 온전한 머리 있어야 할긴데. 잘러도 잘러도 쑥쑥 올라오는 정구지맹키로 머리가 돋았으면 싶어라. 집서 깅상도말 하능 그대로 핵교 강게 다들 놀리더랑께. 핵교느 12리 떨어진 N진에 있었제. 놀린다능 게, 그기 뭐신고 카니, 여그느 북쪽치들이 많은기라. 니 아부지도 황해도 어디라카더마 내사 모르제. 남의 땅에 와서 니쪽 내쪽 어딨 간노? 니편 내편이 어디 갔노? 다같이 못난 편이제. 그라고 지금 해쌌는 말들은 잡탕이제. 쭝국말 섞어가 함시로 오가잡탕 되뿌있제.

엎어놓은 공기만큼 튀어져 나온 세 살의 강희경의 뒤통수를 만지며 조순재는 푸념질을 반복했다. 강희경은 사납게 울어대던 성미를 접고 손가락을 입에 물고 조용히 듣고 있었다. 강희경은 빨라지는 호흡과 더불어 오르락하는 조순재의 쌍봉 젖가슴 사이에 뒤통수를 부비대며 히히 웃기도 하였다. 조순재의 날숨과 들숨의 리듬에 맞춰서 강희경은 손가락 빼는 속도를 조절했다. 조순재는 말하는 와중에도 강희경의 목덜미를 어루쓸어주었다. 탯줄이 감겨져 있던 그 자리

166

는 조순재를 아프게 했다. 늘 강희경에게 미안해하고 있었다. 조순재는 탯줄을 감고 태어난 아기가 불운하다는 항간의 소문 때문만은 아니었다. 모든 걸 다 엄마로서의 자신의 책임으로 몰아갔다. 아기가 뱃 속에서 얼마나 답답했으면 그리고 엄마인 자신의 말을 들으며 얼마나 스트레스를 받았으면 탯줄을 목에 감았으랴. 갓 태어난 강희경은 어린 늙은이의 모습이었다. 모순된 어린 살점의 표정을 읽으면서 조순재는 굳이 자살기도라는 엄청난 공포스런 말까지 떠올렸었다.

&

　강필두는 비스듬히 언덕을 이룬 늪가 쪽의 풀밭에 누워있었다. 광활한 대지의 숨결들은 여기저기서 터져나오고 있었다. 늪 음지 쪽 수면에 떠돌던 녹다 만 얼음덩이들은 박새들의 지저귐에 성급하게 깨어져갔고 밭갈이 소들의 영각소리는 정월 대보름에 대접했던 찰떡처럼 찰지게 들려왔다.

　아이들 겨울 불장난으로 새까맣게 타다만, 먹붓처럼 오롯이 서있던 갈대들은 밑둥으로부터 푸른 기운을 뽑아올리고 있었다. 해동의 환희에 찬 자연의 평화와 수런거림은 강필두의 가슴으로 스며들었다. 강필두는 엉덩이 골 사이로 눅눅하게 번지는 대지의 숨결을 기분좋게 받아들이며 눈을 감았다. 대지는 아리고 맵고 쓰고 떫은 것들을 기꺼이 받아들인다. 여러개의 보조개로 웃고 있는 감자, 은밀한 비밀로 겹싸인 양파, 쪽으로 나뉘어 지면서 기어이 한몸인 마늘, 한사코 몸통을 자랑하려는 무우 등등을 품 속으로 넉넉히 받아들인다. 강필두는 자신도 대지의 너그러운 품에 안길 수 있기를 바랐으며 온전한 대지의 사람이 될 거라고 다짐했다. 강필두의 청춘의 얼굴에 내려앉은 노곤한 봄볕을 바람이 어루만져주었다.

"어이, 강선생, 백일몽 강선생."

강필두는 언덕 위에서 들려오는 중국말 소리에 몸을 일으켜 앉으며 오른쪽으로 고개를 틀었다.

언덕 위 버티고 서있는 둥글둥글한 사내는 왕얼이었다. 머리통, 다리통, 몸통, 어깨통, 팔통, 눈통. 어쨌든 왕얼의 몸의 각 부위마다의 이름 뒤에는 통이라는 어미가 붙여져야 근사할듯 싶었다. 우람된 체구에서 나오는 목소리도 웅글졌다.

"어이, 강선생, 이서기 볼 일이 있다고 합니다."

왕얼이 재차 고아대고 있었다.

"알았습니다."

강필두는 왕얼에게 어색하게 손을 저어보이면서 말했다.

이서기라면 이태수의 아버지였으며 강필두와 조순재가 곁방살이 하는 집의 주인이기도 하였다. 이서기가 강필두를 '강선생님'이라며 깍듯이 올려붙여서 강림촌에서는 강선생으로 통하게 된 상싶두였다.

일자무식인 이서기는 공사에서 내려오는 문건들이랑 있으면 강필두를 찾았고 번역일이며 가로수에랑 벽에랑 붙일 선전문구를 쓰는 일도 강필두에게 맡겼다. 강필두가 오기 전, 마을 회계와 출납을 겸한 왕얼이 이서기의 손발이 되어주었다. 왕얼의 고향은 산동성이었는데 퇴역군인의 신분으로 강림촌에 이사 들게 되었으며 퇴역군인의 배려정책으로 마을의 관직에 오르게 되었다. 현성이나 공사에서의 회의 때면 언어소통이 원활치 못해서 애먹던 이서기는 왕얼을 앞세우고 다녔다. 강필두가 강림촌에 정착되면서 왕얼의 역할범위가 줄게 되었다.

강필두가 언덕에 거의 오르자 왕얼은 몸을 돌려 언덕길을 재촉했다. 거대한 산 하나가 강필두의 앞에서 움직여 가고 있는 듯하였다.

한동안 말없이 터벅터벅 걷던 왕얼이 이서기의 총애를 받아서 좋겠다고, 농업기술원으로 발탁되어서 좋겠다고, 이서기의 비서 골방 샌님 강필두씨가 좋겠다고 하며 뒤도 돌아보지 않고 야유를 퍼부었다. 왕얼이 하는 중국말은 산동사투리의 억양이 남아있어서인지 뱉어내는 야유는 더욱 야유스럽게 들렸다. 이새로 찍찍 갈겨대는 왕얼의 침방울은 염소똥에 떨어져 내렸다.

강필두는 입을 꾹 다물고 왕얼의 뒤를 따랐다. 강필두의 침묵은 왕얼의 숨소리를 더욱 거칠게 만들어갔다. 왕얼은 걷던 걸음을 탑하고 멈추었다. 강필두는 주춤하고 서버렸다. 왕얼은 다리를 엉거주춤 구부리고 두 손으로 두 무릎을 잡고 다리 사이로 얼굴을 거꾸로 내밀었다. 강필두도 몸의 자세를 낮추어 왕얼의 얼굴을 보았다. 그 찰나의 순간에 왕얼은 뿡빵 하고 다리 사이로 방귀를 냅다 뀌었다.

강필두의 욕설이 쏟아졌다. 왕얼은 돌아서서 히히 웃었다. 강필두는 자세를 고정하고 "자네의 방귀소리가 산동방언의 극치로세. 어우, 그 냄새 또한 고약하기로." 하면서 코끝을 쥐어보이는 액션을 했다. 왕얼의 주먹이 강필두의 얼굴로 날아들었다. 방어도 없었던 강필두의 왜소한 몸은 퇴역군인의 분노의 한방 펀치에 언덕 아래로 굴러떨어져 내렸다.

언덕 아래에서 볕쪼임을 즐기던 염소 한마리가 아코디언처럼 몸을 웅크린 강필두에게로 다가섰다. 염소의 흰 수염은 강필두의 얼굴을 감싼 손등을 간지럽혔다. 왕얼을 향한 염소의 항문에서는 환약 같은 똥덩어리들이 데굴데굴 굴러나왔다. 따사로운 봄볕을 맞은 염소똥들은 흑진주마냥 까만 미소를 뱉어냈다. 염소똥덩어리들은 풀밭에 글자를 새겨갔다.

170

−인간들아, 제발 개처럼 물고 뜯지 말거라.

&

조순재는 부어오른 만월 같은 배를 왼손으로 밀어올리며 쌀독 앞에 섰다. 배 속의 아기는 쌀독에서 쌀을 퍼담으려고 버티고 서기만 하면 꿈틀댔다. 왼손으로 아기의 꿈틀이로 도드라진 배의 부분을 어루만졌다. 조순재는 굳이 그것이 아기의 주먹일 거라고 추측했다. 밥을 먹기 위해 움켜쥔 아기의 손, 밥을 달라고 펼쳐낸 아기의 손을 생각했다. 식성이 좋은 남자애일 거라 단정했다. 조순재는 허리에 힘을 주고 바가지가 들려진 오른손을 쌀독에 넣었다. 엄마가 아버지 몰래 날라온 쌀과 오빠들의 어깨에 들려져온 강냉이쌀이 바가지에 담겨졌다. 조순재는 병풍처럼 둘러친 왕꽃무늬 카텐식 칸막이용 천에 둘러싸여 서있었다.

조촐한 단칸방이라 없는 살림을 여보라 하면서 다 펼쳐놓고 전시하기가 부끄러워서 부엌 구석 쪽으로 천으로 둘러서 만든 헛간이라는 공간이었다. 조순재는 커텐 당기 듯 칸막이를 걷고 필요한 걸 꺼내면 될 일도 굳이 그 공간에 발을 들이고 칸막이를 다시 닫아서 그 속에서 쌀도 퍼내고 장도 퍼담았다.

빛이 어중간히 차단된 그 공간의 고요를 조순재는 즐겼다. 호랑이

172

아버지가 들고 온 쌀독에 강필두는 풀을 먹여서 낡은 신문지를 몇겹으로 바르고 말렸다. 신문지의 풀 점액이 완전 건조되기 전에 강필두는 숯불다리미로 정성껏 밀어서 쌀독의 둥근 배에 널려있는 쭈글쭈글한 주름살을 펴주었다. 쌀독의 몸이 매끌매끌해지면 거기에 화책을 찢고 오려서 붙였다. 왼쪽 어깨에 물동이를 얹고 잠옷인 듯한 옷가지는 흘러내려 배꼽이며 젖가슴을 드러낸 고아한 외국 여성의 석고상 그림이 쌀독을 장식하였다. 그림 속 여성의 수줍음과 싱싱함은 흰빛으로 눈부셨다. 강필두는 조순재의 불룩배를 만지면서 완성품을 조순재에게 내밀었다. 삶이 제 아무리 고단해도 샘물을 길어올리는 여성인 조순재가 곁을 지켜주기에 든든하다는 고백을 강필두는 보냈다. 결혼을 하고 나서 처음으로 되는 강필두의 진중함에 조순재는 부끄러움과 당혹을 넘어서서 온전한 한 여인으로서의 열락을 느꼈다. 쌀독 선물을 감추기 위해서라도 카텐식 칸막이 공간이 필요했으며 조순재는 그 공간에 머물기를 즐겼다. '야가 인사 나올 때 된 거 같우란데.' 조순재는 달처럼 부어오른 배를 내려다보며 혼잣말로 중얼대며 칸막이 천을 드르륵 옆으로 밀었다.

"시간 다됐는데 안 나오고 뭐하십니까?"

낮은 출입문이 열리면서 사람 먼저 왕얼의 성난 목소리가 들어왔다. 그리고 머리를 숙이고 출입문을 들어서는 왕얼의 그림자는 집의 절반을 덮어버렸다.

"아. 네."

조순재는 왕얼의 그림자에 눌리워서 메새의 간덩이처럼 팔딱 놀랐다. 손에 들려진 쌀바가지의 쌀을 이남박에 쏟아부으면서 칸막이 천을 황급히 닫았다.

왕얼의 황소 눈통은 조순재의 어깨 너머로 드리워진 천막을 향하

173

여 아득히 열려져갔다.

작열하는 여름 오후의 햇볕은 조순재의 머리 위에 얹혀진 떡함지에서 번들거렸다. 조순재의 머리와 떡함지 사이에 짓눌린 똬리가 땀에 젖어들고 있었다. 조순재는 허리의 부담을 줄이려고 두 팔을 뒷짐 자세를 하고 위태롭게 들길을 걸었다. 아슬아슬하게 공중에 떠있는 밧줄을 걷고 있는 곡예단의 배우처럼. 조순재의 뒤에는 왕얼이 따라오고 있었다. 왕얼의 두툼한 어깨 위에는 저울이 걸쳐져 있었다. 저울판은 게으른 몸짓으로 왕얼의 등허리께로 흘러내려 있었으며 왕얼의 젖꼭지를 가리지 못한 런닝그 앞섶에는 저울대가 쥐어진 손이 있었다. 다른 손의 중지에는 저울추가 반지인양 끼워져 있고. 조순재와 왕얼의 1소대 일군들의 오후 새참의 배달길이었다.

농약을 뿌리는 적절시기를 놓쳐버려서 벼밭이 돌피밭이 되어간다고 1소대 전원이 돌피와의 전쟁에 나섰다. 따가운 햇볕은 돌피의 왕성한 자람새를 부추겨 주었으며 1소대 남녀노소는 총동원되어 밤늦게까지 돌피를 뽑기에 전력을 다했다. 긴긴 여름날의 해는 농민들의 귀가를 일부러 지연시키려고 작정했 듯이 늑장을 부리며 서쪽으로 기울어지고 있었다.

조순재는 임신 중이라는 특혜로 취사반에 배치되었다. 임신 중의 임산부가 1소대에 여섯명이나 되었지만 대대 이서기와 1소대 대장인 호랑이 아버지의 덕분이었다.

일터에 거의 도착되어갈 무렵, 조순재는 두 팔을 올려 떡함지를 붙들고 심호흡을 하면서 서있었다. 이마를 타고 내리는 땀방울은 속눈섭까지 적셔서 눈앞이 흐릿했다. 현기증이 났다. 눈꺼풀을 덮었다 치떴다 하면서도 눈동자는 똬리 위에 얹혀진 떡함지의 밑바닥을 주시하고 있었다. 다행히 떡함지가 조금의 그늘을 만들어준다는 위안을 하면서 힘을 얻기로 하였다.

떡함지가 갑자기 붕 공중으로 떠올랐다. 조순재는 헐거워지는 몸의 상태가 감지되면서도 한사코 떡함지를 붙들려고 발뒤축을 올려 까치발을 만들었다. 장화를 잘라 만든 고무신에서 조순재의 발뒤꿈치가 들려져 올라왔다. 무릎 위까지 오는 검정 장화를 신은 남자의 다리가 조순재의 발뒤꿈치를 막아주었다. 조순재가 머리를 돌렸다. 떡함지를 두 손으로 받쳐서 들고 있는 강필두가 뒤에 서있었다. 임신살이 오른 조순재의 얼굴은 함박꽃으로 환하게 피어올랐다. 강필두는 함박꽃에 매달려 있는 땀이슬을 안스럽게 내려다보았다. 그러면서도 그 물방울이 귀여워지면서 우산을 쓰고 땀 이슬 속으로 들어가고 싶다는 충동이 일었다.

왕얼이 강필두와 조순재를 스쳐지나며 휘파람을 불었다. 무섭게 일그러지는 강필두의 얼굴을 보면서 조순재는 강필두의 옷깃을 살며시 당겼다.

떡함지를 풀고 일군들에게 싸래기쌀로 만든 시루떡을 칼로 두부의 반만큼의 크기로 잘라서는 저울판에 올렸다. 저울눈금을 밀고 당기면서, 떼어내고 보태면서 배식을 마치고 조순재는 일터로 흩어져가는 일군들의 뒷모습을 한숨으로 보냈다. 자리를 털고 일어나면서 조순재는 배 아래 쪽으로부터 오는 통증을 느꼈다. 숨을 고르며 잠간 쉬는데 왕얼이 갈 길을 재촉했다.

짐을 덜어버린 떡함지를 머리에 인 조순재의 움직임은 올 때보다 굼떴다.

돌아갈 때는 왕얼이 코치 노릇을 했다. 빈 떡함지에 저울을 마저 넣어버리고 뒷짐을 지고 왕얼이 앞장섰다. 왕얼은 뒤도 돌아보지 않고 콰이 콰이만 노래처럼 불러대며 빠르게 걸었다. 10여분 쯤 걸었

는데 왕얼의 뒷모습은 저 멀리로 멀어져 갔으며 조순재의 복통은 기
승을 부렸다. 조순재는 왕얼을 큰소리로 불렀다. 왕얼은 들리지 않
는지 점점 그녀의 시야에서 소실점으로 되어갔다.

조순재의 다리 사이로 뜨거운 것이 흘러내렸다. 조순재는 아아 하
면서 길가에 쭈크리고 앉았다가 아예 뒹굴었다. 양수가 터지면서 뱃
속의 아기가 좁은 문으로 나오려고 했다.

강필두가 달려왔다.

"참소, 좀만 참소. 의사 부르러 가겠소." 하고는 강필두는 마을
쪽으로 뛰어가려 했다.

"안돼요. 가지 마요. 시간 없어요."

조순재는 강필두의 발목을 잡았다. 강필두는 조순재가 시키는 대
로 떡함지를 풀고 식칼을 찾아들고 성냥불로 식칼을 데웠다. 성냥불
이 꺼지고 타오르기를 몇 번을 반복하는 사이에 아기는 이미 머리를
비집고 나왔다. 귀가 빠지면서 미끌어지듯 물컹한 살덩이가 빠져나
왔다.

강필두의 어떤 육욕의 충족과 어떤 결핍의 보상과 어떤 과잉의 배
설과 어떤 억압의 분출로 무단출입도 서슴지 않았던 조순재의 좁고
축축한 문에서 생명의 기적이 탄생되는 순간을 강필두는 죽는 날까
지 잊지 못했다. 강필두는 고개를 틀고 눈을 감고 아기의 배꼽과 조
순재의 문을 이어놓은 끈을 식칼로 절단해버렸다. 조순재의 지시에
따라 미끌대는 양수가 덮인, 물컹물컹한 아기를 엎어서는 궁둥짝을
때렸다. 이윽고 아기는 아앙~ 하고 자신의 존재를 세상에 알렸으며
조순재는 다리를 벌린 채 여름하늘을 올려다보며 귓구멍이 먹먹할
정도로 귓속으로 눈물을 채워갔다.

두세시간 푹 고운 백숙의 자세로 질벅한 양수와 비린 핏속에 누워

있는 조순재를 내려다보면서 강필두는 강희수를 품에 안고 강희수처럼 앙앙 소리내어 울어버렸다. 강필두의 무릎이 꺾었다.

노을이 서녁하늘을 핏빛으로 물들였다. 저녁노을은 아침노을을 닮아있었다. 만나고 헤어지는 순간에 하는 안녕이라는 말처럼. 무언가 굉장한 일이 일어날 것만 같은 어스름이 드는 이 불확실한 시간에 땅과 하늘의 그 경계를 강필두는 강희수를 누인 떡함지를 받쳐들고 걸었다. 조순재는 떡함지를 받쳐든 강필두의 손목을 잡고서 걸었다. 강필두와 조순재는 서로의 얼굴을 확인하면서 걸었다. 강필두와 조순재의 얼굴 표정은 온화해졌다. 굉장한 일을 겪은 하루를 보내면서 두 사람은 너그러워졌다. 이런 불확실한 시간이면 서로의 얼굴은 더 잘 보일 수도 있었다.

5.세상사는 것 처럼 (2)

&

　열려진 창이다. 목화솜 구름이 밀려간 새파랗게 질려버린 하늘은 실크조각 같이 흐늘대고 있었다. 구들에 누워서 강희수는 가을하늘을 오래도록 올려다 보고 있었다. 대책 없는 자유와 비어져 있는 시간이 몰고 오는 외로움이라는 걸 강희수는 언뜻 느꼈다. 굳이 싫었던 공부는 아니었지만 굳이 공부를 해야 하는 필요성을 느끼지 못했다는 게 강희수의 자퇴의 의지였다. 그렇다고 꼭 뭔가를 하고 싶은 소원 같은 것도 없었다. 강희수는 어제부로 학생의 신분으로부터 사회인의 자유를 얻었다.

　"뭐가 어쩌고 저째? 공부 안 한다고? 왜? 공부해야 이넘의 촌구석을 벗어나지. 니 외할아부이 때문에 열네살에 밭에 끌려나가 이모양 이 꼴로 사는 게 분한데 니까지 여그 산골짜기에 처박히겠다고? 되지도 않을 소리. 낼 당장 핵교 가야 한다. 내 죽는 거 볼라면 핵교 가지 말고. 핵교 안 가고 일한다고. 니 할 일 집구석에 없다. 밥만 퍼 멕여줄 거니까 차라리 놀아라. 놀리는 게 니한테 내리는 벌이다."

　강희수의 자퇴선언을 듣고 나서 조순재는 악을 쓰듯 외쳤다. 조순재의 격한 반발을 예상치 못했던 강희수는 벽에 기대고 앉아 입을 대합조개처럼 닫아버렸다. 그러면서 속으로는 아부지는 공부 적게 해서 농촌에서 이러고 있담까 하고 말하고 싶었지만 꾹 참고 있었다. 그러면서 담배쌈지에서 초담배를 꺼내서 신문지에 말고 있는 강필두를 힐끔힐끔 곁눈질하였다.

어쩌면 강필두의 침묵은 폭풍전야의 무시무시한 공포일 거라고 강희수는 숨을 죽이고 고스란히 기다릴 수 밖에 없었다. 조순재는 자기 분을 삭일 수 없없던지 바둥거리며 베개에 엎드려 울었다. 긴 시간을 들여서 눈물의 무게에 눌리워서 머리를 들지도 못하고 베개에 머리를 파묻고 흐느껴 울었다. 눈물이 거쳐간 마음은 씻겨서 안정을 찾았다. 조순재는 베개수건으로 코를 팽 풀면서 다시 일어나 앉았다.

"어이구, 답답해라. 희수 아부지. 말 좀 해보시라구요."

조순재는 강필두를 닦달했다. 조순재는 희미하게나마 강희수의 의지를 꺾을 수 없다는 예감을 하고 있는 듯 하였다.

강희경은 앉음뱅이 걸음으로 엉덩이를 강희수 쪽으로 밀어붙이면서 강희수의 옷깃을 당겼다.

바깥으로부터 청량한 저녁 가을바람이 방안으로 불어들어왔다. 그러나 그 바람은 고열로 치닫고 있는 강씨네 식솔 사이에서 흐르는 열기를 식히지 못했다. 강필두의 마른 입술 사이로 뿜어져 나오는 매캐한 골초냄새가 흐를 뿐.

"답답해라. 강씨네 이 고집을. 닭을 건 꼭 못된 것만 쪽집게로 집어서 옮긴다고 하더만. 에이구, 아들 애비 하는 꼴 보라구. 닭아서 불만 있나? 가타부타 지쪽 선언만 하고. 희수 아부지 속 터져요."

조순재는 강씨네 두 남자에게로 엉거주춤 거리를 좁혀갔다.

"차라리 잘 됐다."

강필두가 드디어 침묵을 무섭게 깼다. 재떨이에 담배를 비틀어 눌렀다. 힘껏.

조순재는 억장이 무너져내려 휘청하면서 뒤쪽으로 물러나 앉았다. 강희수는 뒤통수 한방 얼떨하게 얻어맞은 듯 강필두를 건너보면서 덜덜 떨리는 무릎을 가슴으로 껴안았다. 강희경은 더 무서운 벼락이 떨어질 것을 예감하고 가슴 쪽으로 두 손을 모아쥐었다.

강필두는 눈을 슴벅이었다. 천정을 바라보며 한글자 한글자 뱉어냈다. 자신에게 홀로 하는 고해성사처럼, 일인분의 고통은 일인분의 고통으로 끊어야 한다는 선언을 하듯이.

"그래, 차라리 잘 됐다. 하기 싫은 공부 해봤자고. 공부하고 대학 가고 취직하고 여자 만나 결혼하고 아이 낳고. 삶이란 게 별거더냐. 아예 끈을 끊어. 연을 끊으라. 머리 밀고 절에나 가라. 산에 들어가라."

"아부지."

예상치 못했던 어이없는 강필두의 제안에 강희수는 고함 질렀다. 무릎을 풀면서 두 주먹을 쥐고 바르르 떨었다. 가난으로 얽히고 설킨 강필두의 얼굴은 평온하였다. 걱정이나 불안을 부리우고난 비어 있는 얼굴이었다.

조순재의 통곡이 뽑아졌다. 온 집안이 들썩이었다. 조순재가 뽑는 통곡의 소리보다 곡과 곡 사이에 이어지는 추임새의 숨소리가 처량하게 밤공기를 타고 창밖으로 흘러나갔다.

"지네 멋대로 혀바. 혀보랑게. 아그 적게 낳아 잘 키우자고 한 게 누긴데. 까까머리 중대가리 맹글라꼬 논길에서 희수 자를 내싸질렀노?"

조순재는 격한 발언을 하게 되면 억양이 변해졌다. 강희수와 강희경의 앞이 아니라면 강필두의 의식적인 체외사정까지 들먹일 태세였다.

이튿날 아침, 조순재는 식사준비는 물론 밥상에도 앉지 않고 반나절 앓아서 누워있었다. 오후가 되어서야 바람 쐬러 마실을 나갔는지 보이지 않았다. 강희수는 아침밥을 거르고 고방문을 걸어걸고 오후가 다 가도록 가을하늘만 쳐다보고 있었다. 바깥에서는 강희경이 친구들과 떠들어대고 있었으며 할일 없는 거위들이 시끄럽게 울어댔다. 땅 따먹기 놀이를 하는 게 틀림없었다.

강희수는 일어나서 창밖으로 얼굴을 내밀었다. 찌르는 가을 햇볕에 눈이 부셔서 어지러웠다. 강희경과 동네 소녀들이 마당에 쪼크리고 앉아있었다. 놀이판을 수양버들이 그늘로 대각선으로 덮고 있었다. 놀이판에는 들쑥날쑥의 금이 그어져 있었다. 금이라는 선, 금이라는 경계를 만들고 있는 소녀들의 익은 얼굴들은 땀으로 번들거렸다. 이미 확보한 자기 쪽 영토에는 신발을 가지런히 놓아두었다. 검정고무신의 코끝, 어른용 끌신, 비눗물을 채 빼지 못한 누르께한 운동화가 놀이판의 세 방향을 고집스레 지키고 있었다. 넷이서 놀이하는 것 같았지만 신발 한컬레는 놓여있지 않았다. 어른용 끌신이 놓여진 쪽은 이미 저 앞으로 범위를 확장해가고 있어서 최다 영토를 확보하고 있었다. 그 영토는 강희경의 자존심이었다. 놀이에서는 목숨 걸고 덤벼드는 강희경은 무릎을 꿇고 병마개로 만든 공격무기를 조준하고 있었다. 얼굴은 거의 땅에 붙이고서. 문득 분홍색의 산다루(샌들) 하나가 강희경의 막 튕기려 하는 손가락 옆에 다가섰다. 강희경은 이쁜 분홍색 산다루를 따라서 원피스자락을 따라서 윗쪽

183

으로 시선을 올렸다. 나분이었다. 넷 중에서 유일하게 맨발을 거부한 나분, 유일하게 이쁜 신발로 발을 감싸고 유일하게 원피스를 곱게 차려입은 나분이었다.

나분의 얼굴은 우유빛갈로 빛났고 야물차게 다문 입가에는 불만이 비쳐있었다. 밀려서 거의 한 뼘 정도뿐인 자기가 따놓은 영토를 빤히 곁눈질하며 나분이 말했다.

그만 놀래.

강희경은 억울한 듯 털고 일어났다. 하지만 매차의 놀이에서 늘 그래왔다는듯한 대책 없는 수긍하는 무가내한 표정이었다.

계급의 차이는 자세였던가. 서있음과 땅에 엎드림, 맨발과 산다루가 꿰어진 발, 굳이 신발로 자기 영토를 표기해두지 않아도 되는 여유, 반바지와 츄리닝과 원피스, 무작정 놀이를 끝낼 수 있는 '그만 놀래'로 패배를 패배로 인정하지 않아도 되는. 강희수는 강희경을 바라보면서 자신의 가슴속으로 찔러오는 아픔의 그 정체를 시간이 썩 지나서야 알 수 있었다. 가난이 주는 패배.

"희경아 오빠랑 저기 밭에 나가볼까?"

강희수는 강희경을 불렀다.

고방문을 열고 나오는 강희수를 보더니 강희경은 이내 평정을 회복하며 환하게 웃었다. 나머지 두 소녀는 나분과 함께 마당을 빠져나갔다. 대문 문고리를 잡고서 나분은 고개를 돌려 강희수와 강희경을 째려보고는 짐짓 대수롭지 않다는 몸짓을 부러 지으며 대문을 나섰다.

강희경이 땅 따먹기 놀이판을 다 지우기를 기다렸다가 강희수는 강희경을 데리고 대문을 나섰다. 강희경은 강희수의 손에 슬그머니 감자가 섞인 누룽지를 쥐어주었다.

"오빠, 먹어. 엄마 모르게 숨겨 놨던 거야. 빨리 먹어."

강희경은 애써 어른 티가 있어 보이도록 강희수의 손을 다시 잡았다 놓았다. 강희수는 입에 누룽지를 넣었다. 서둘러 씹지 않고 침이 젖어들 때까지 누룽지를 입에 물었다. 입안에서 곡식들이 구수하게 부풀어올랐다. 곡식들의 단물을 목구멍으로 빨아들이고는 씹기 시작했다. 바삭바삭 약간 타들어갔던 감자가 씹히고 밥알이 씹혔다. 누룽지를 고소하게 씹는 강희수의 입을 강희경은 으쓱해하면서 올려다봤다. 강희수는 칭찬을 애타게 구걸하는 강희경의 얼굴을 내려다보며 한쪽 눈을 찡긋해 보였다. 강희경의 얼굴은 갓 구워 낸 도자기의 미소가 어렸다. 강희수는 강희경의 한쪽 손에 들린 납제의 소래와 몽둥이를 나꿔채서 들었다. 논밭으로 새 쫓으러 가는 길이었다. 골목을 에돌아 왕얼네 집 대문과 가까워지면서 강희경은 강희수의 몸 뒤쪽으로 숨으면서 옷깃을 손아귀에 쥐었다.

"무서워, 오빠."

등뒤로 숨어버리는 강희경을 보면서 강희수는 허허 웃었다.

"왜?"

"쑈홍네 집 마당에 뱀들이 우글거려."

"왜?"

"쑈홍 오빠 간질병 고쳐준다고 쑈홍 아부지 뱀잡이 다녀. 저번에 뱀들이 우글우글 초롱에서 빠져나와 난리났댔어."

"그래? 빨리 가자 그럼."

강희수는 강희경의 손목을 잡고 걸음을 빨리했다. 왕얼네 대문을 스치면서 강희수는 호기심에 대문 너머로 앞마당을 목을 빼들고 기웃거렸다. 출입문 쪽에는 길쭉한 막대기를 지붕 윗쪽으로 올려서 맨 끄트머리에는 강희경이 말하던 초롱이 묶여져 있었다. 강희수는 멈

185

칫 서버렸다. 파란 그물로 둘러싸인 초롱 속에는 뱀들이 징글징글 엉겨있었다. 학학 숨을 몰아쉬는 듯 혀를 빼물고서 대가리를 빳빳이 곧추 세운 뱀들도 있었다.

"오빠, 뭐해? 빨리 가잔데."

강희경이 멈춰선 강희수를 앞으로 잡아당기더니 귀청을 찢는 비명을 질러댔다. 왕얼네 대문을 거의 지나는 골목에서 왕얼이 번들대는 웃통을 드러내고 나타났다. 왕얼의 손에는 파란 망태가 들려있었다. 그속에는 뱀이 미끌대고 있었다. 혼비백산한 강희경을 보면서 왕얼이 파란 망태를 들어올리면서 "이놈이 이번 해의 마지막 놈이야." 하면서 음흉한 웃음을 던지고는 대문 쪽으로 걸어들어갔다.

이미 혼이 반쯤 나간 강희경은 뱀의 혀바늘에 찔린 듯이 몸을 떨었다. 강희수는 강희경을 둘쳐업고 골목길을 에돌아 마을 밖 들길로 나섰다. 강희수는 간간이 어른들 술자리에서 곁들었던 말을 가슴속 깊이 새겨넣고 있었다. 문화대혁명 때 왕얼이 강필두를 밀고한 자라고, 강필두의 교원시절의 과오를 파헤쳐서 반혁명으로 몰아갔던 자도 왕얼이라는 것을. 강희수의 기억에는 없었지만 조순재가 아끼고 쓰던 쌀독에 붙여놨던 황색 그림이 화근이 되었다고 한다. 강희수는 그 황색 그림의 정체가 무지 궁금했지만 어느 누구하고도 물어볼 수도 없었다. 아마도 그렇고 그런 그림이겠지 하고 추측할 수 밖에 없었다.

들길에 들어서면서 강희경은 신이 나서 나비처럼 팔랑팔랑 강희수의 앞에서 뛰어갔다. 단발의 새까만 머리는 튀어나온 뒤통수에서 찰지게 흔들렸으며 짱구머리에 어울리지 않게 유난히 긴 목은 코스모스처럼 뽑아져 올라가 있었다.

도로 양옆으로 멀리로 아득하게 펼쳐진, 누렇게 익어가는 벼들의 자람새는 가을의 풍요와 땅의 도고한 자태로 뽐내고 있었다. 강 너머로는 단풍으로 물들어가는 산의 능선이 파란 하늘을 배경으로 유연하게 이어지고 있었다. 길섶의 가시를 품고 있는 짙은 밤색으로 반짝이는 도깨비풀, 탱글탱글한 작은 고슴도치를 품고 있는 도꼬마리, 강아지풀이 뽑아올린 개꼬리 등등은 환영받지 못했던 서글픔에서도 어엿하게 자랐다면서 곡식들에게 도전적인 표정을 보내고 있었다. 하찮은 것들의 만족은 들판의 곳곳에 널려 있었다. 가을은 서로가 어우러지면서 너그러워지는 계절이랄까. 무르익고 있는 강희경의 기분에 전염되어 강희수는 비어가던 가슴이 메어지는 충만함을 느꼈다. 들길을 걸어 언덕에 올랐다. 언덕 양지쪽으로 구절초가 하얀 얼굴을 곧추 들고서 하늘을 올려다 보고 있었다. 하얀 얼굴의 중심에는 노란 연지를 짙게 찍고.

"우와, 저건 엄마꽃이야."

강희경은 언덕 경사면을 따라 달려내려가 구절초를 꺾어서 오른쪽 귀바퀴에 끼우고는 강희수를 향하여 구절초의 소박한 미소를 지어 보였다. 음력 9월 9일이면 채집한대서 이름이 구절초라고 명명된 꽃이름 가을이면 강필두는 구절초의 풀 전체를 채취하여 엮어서 처마 밑에 매달았다. 겨울이면 건조된 구절초를 달여서 조순재의 산후병 약으로 썼으니 강희경이 엄마꽃이라고 떠들어대는 데는 그럴 만한 이유가 있었다.

"곱지?"

"엄마꽃 머리에 피니 디게 곱다."

"나분이보다 곱지?"

"그럼. 나분이는 비교도 안될 정도지. 니가 세상서 젤 곱다."

"히히. 처마 밑에 걸어놓으면 그 냄새 디게 좋댔어."

187

"누가?"

"그런 애 있어."

"누군데? 나분이?"

"칫. 나분은 말라비틀어버렸다고 보기 싫대."

"그럼 누군데?"

"그런 애 있다니까."

"보자. 누굴까? 내가 알고 있는 애?"

"알 수도 있지."

"아하. 그 집에 애!"

"어찌 알아? 오빠. 방앗간집 손자."

"흐흣. 그 애였구나."

"오빠, 미워."

"그 애가 겨울방학에 놀러 오면 냄새 맡게 해야지. 구절초 마른 냄새. 그 애가 말인데 구절초 자꾸 나보구 따오라고 그랬어."

"니가 좋아하는구나."

"좋아하긴. 그 애가 구절초 핑계로 나하고 말 걸어 그렇지. 칫."

"오. 갸가 우리 희경이 좋아하는구나."

언덕을 따라 걷는 강희경과 강희수의 머리 위로는 나비 두마리가 가벼운 몸짓으로 선회하였다.

강 옆으로 펼쳐진 강필두네 논밭에 이르렀다. 강희수와 강필두의 기척에 놀라서 벼밭에 앉아있던 참새들이 일제히 깃을 치며 날았다. 새떼들이 새까맣게 무리를 지어 하늘을 낮게 날아서는 옆집 밭으로 옮겨서 자리를 잡았다.

타다당. 타당.

훠이. 훠이.

소래 두드리는 소리와 하늘을 찌르는 새 쫓는 소리가 숲속에서 들려왔다.

"누기얏."

강희경이 단호하게 소리쳤다.

숲 저쪽에서 타다당, 타당 소래를 두드리며 왕얼네 쑈홍이 숲속에서 일어섰다.

"가스나, 벌써 왔네."

강희경은 눈쌀을 찌프리더니 강희수의 손에서 소래와 방망이를 나꿔채서는 투다탕, 탕탕 미친 듯이 두드려댔다. 이리 쫓기고 저리 쫓기는 새들의 무리는 양쪽 집 벼밭에 내려앉지도 못하고 벼밭 위를 낮게 날아옜다.

강희수가 논뚝에서 몽돌을 주어서 새떼들을 향하여 돌팔매질을 날렸다. 소래 두드리는 소리에 겁 먹지 않던 새떼들이 날아오는 돌멩이에 놀라서 멀리날아갔다. 강희경은 신이 나서 소래를 북 두드리듯이 세차게 두드렸다. 옆 밭의 쑈홍도 지지 않을세라 소래를 두드렸다. 논밭에 서있던 허수아비가 그 소리에 깨어나기라도 하듯 불어오는 바람에 몸을 흐느적거렸다. 춤판에 끼어들고 싶으면서도 수줍게 먼발치에서 가벼운 몸짓으로 가락을 타는 춤사위로 허수아비는 손끝에 오리오리 드리워진 빨강 실가락으로 벼이삭들을 어루쓸었다. 소래 두리는 소리는 풍년의 축제의 메시지를 가을 창공으로 날려보냈다.

새들은 멀리로 날아가고 희경과 쑈홍의 소래 두드리는 소리도 수그러들었다. 갑자기 내려앉은 들녘의 정적은 어떤 음모를 꾸미고 있는 듯한 비밀스러운 데가 있었다. 쑈홍이 일어나서 이쪽으로 바라보는 듯 하였다. 멀리에 있었지만 쑈홍의 눈길은 자기가 아닌 강희수에게로 향한다는 것을 강희경은 직감했다.

"오빠, 저것들 우리 벼알 훔쳐 먹었으니 겨울이면 저넘들 우리가 잡아먹자."

강희경이 강희수에게 히쭉 웃으며 말했다.

"가스나 못하는 말없네. 가스나들 새고기 먹으면 공기 깨는 거 몰라."

"서나들만 입이게? 서나들 지네만 먹자고 만든 되지도 않는 소리. 엄마가 그랬어."

"가스나가 그렇게 영악하믄 못 써."

강희수는 강희경의 뒤통수를 탁 때렸다. 강희수는 강희경과 가지런히 풀섶에 앉았다. 머릿속에서는 조순재의 엎드려 울던 등허리가 지워지지 않았다.

"오빠, 뭐해?"

강희경이 옆구리를 쳐서야 강희수는 정신을 차렸다. 돌팔매질로 개운해지려던 몸이 끈적거렸다. "여기서 새들이나 열심히 쫓고 있어. 난 저기 강가에 가서 몸이나 씻고 올게." 강희수는 강희경에게 말하고는 뒤도 돌아보지 않고 논뚝을 걸어갔다. "강물이 차. 조심해."

강희수의 등뒤로 강희경의 소리가 들리더니 둥둥 소래 두드리는 소리가 들렸다.

강희경은 강희수가 떠난 뒤, 논두렁에 앉아 볕조임을 하다 깜빡 잠들어버렸다. 새떼들의 소란스러움도 없었다. 왕얼네 논밭으로 새떼들이 몰려 있었다. 쑈홍은 어디로 갔는지 소래도 두드리지 않았다. 안도의 숨을 내쉬면서 소래를 엎어놓고 그 위에 앉아서 하늘로 날아다니는 잠자리들을 멀거니 바라보았다.

190

강희경은 방앗간집 외손자의 코끝을 떠올렸다. 마른 구절초를 대고 냄새를 맡던 그 아이의 코끝을 잊을 수가 없었다. 방학이면 외할머니 집으로 놀러오군 하던 그 아이, 나분이와 함께 일부러 찾아가서 보았던 그 아이, 이야기에 능한 그 아이, 나분에게 은근히 마음이 쏠려있는 그 아이~

 강희경은 그 아이만은 나분에게 빼앗기고 싶지 않다는 생각을 하면서 한숨을 지었다. 나분의 미모와 나분의 총명과 나분의 부유와 나분의 재능과 겨룰 자기의 빈약을 느꼈는지 모른다.

 강희경은 쓸데없는 생각을 그만하자면서 자리를 털고 일어났다. 목욕하러 간다던 강희수는 돌아오지 않았으며 건너쪽 쑈홍도 조용하였다. 강희경은 논두렁을 따라 쑈홍이 앉았던 자리로 걸어갔다. 소래와 방망이만 던져져 있었고 쑈홍은 자리를 비우고 있었다.

 강희경은 쑈홍네 벼끝에 매달려 배 불리고 있는 참새들을 놀래우지 않기 위해 조심조심 논두렁길을 걸었다. 참새들이 까먹어서 비어진 벼이삭에는 벼알 속에서 흘려진 흰 진액이 말라서 붙어있었다. 강희경은 잘코사니를 부르며 강 쪽으로 발걸음을 옮겼다. 츄리닝자락으로는 도깨비 가시가 박혀왔고 도꼬마리가 말려왔다. 손목으로는 서걱대는 벼잎이 스쳐서 쓰렸다. 강가로 거의 다달을 무렵, 강희경은 논두렁에 납작 엎드린 어떤 사람의 뒷모습을 발견하고 살금살금 다가섰다. 격하게 몰아쉬는 숨 때문에 엎드린 쑈홍의 어깨는 들썩이고 있었고 머리는 빳빳이 세우고 있었다. 옆에 강희경이 온 줄도 모르고 있었다. 가슴에는 뭔가를 품고 있는듯하였다. 강희경은 숨을 죽이고 쑈홍의 시선을 따라 논두렁 아래로 눈길을 주었다.

 어떤 남자의 웃통을 벗은 모습이 갈대잎 사이로 눈에 들어왔다. 아직 햇빛에 그을리지 않은 새하얀 남자의 어깨와 팔뚝이 보였다.

191

강희경은 콩닥대는 가슴을 누르며 목을 빼들었다. 남자의 굽혀진 반들반들한 허리가 보였으며 아직 노동으로 단련되지 않은 엉덩이가 나타났다. 다리 사이와 엉덩이골 사이로는 강물에 닿을 듯 말 듯한 자두모양의 것이 떠있었다. 남자가 웃통을 씻는 몸짓에 따라서 몸의 근육들은 우아하게 움찔거렸다. 엉덩이골 사이의 자두는 어떤 리듬을 타며 강물에 떠서 숨쉬고 있었다. 남자가 손바닥으로 강물을 퍼담아서 등허리 위로 뿌렸다. 강물이 뿌려지면서 남자의 몸은 생생히 살아서 부풀어 오르는듯하였다. 남자가 몸을 틀어버리는 순간, 강희경과 쑈홍이는 폴짝 놀라서 엎드렸다. 강희경과 쑈홍은 전라의 남자의 몸을 보게 되었으며 강희경은 그가 강희수라는 것을 알아본 뒤였다.

땅에 엎드린 두 소녀의 시선이 부딪치면서 놀라버린 것은 쑈홍이었다. 언제 자기 곁에 와 있었는지 모를 강희경을 보자마자 쑈홍은 가슴에 품고 있던 것을 내팽개치고 정신없이 논두렁을 따라 뛰어갔다. 벌떼들의 포위공격에 내빼는 미쳐가는 사람처럼. 새들이 놀라서 날개짓으로 날아올랐다. 앞으로 뛰던 쑈홍은 논두렁에서 떨어져 내려 벼밭에 뒹굴었다. 그렇게 떨어지고 기어오르고 뛰기를 반복하며 쑈홍은 강희경과 멀어져갔다. 쑈홍이 버리고 간 것은 강희수의 운동화였다. 강희수의 운동화를 품에 안고 쭈크리고 앉은 강희경은 이를 뽀드득 갈았다.

가스나. 몹쓸 놈의 왕가네 가스나. 아주까리 가시에 칵 찔려버려라. 울타리 너머의 아주까리씨 몇개 뜯었다고 지랄발광하던 가스나. 똥구린내 나는 니 머리에 기름 칵 처발라라. 누길 넘바. 가스나.

돌아오는 길에 강희경은 강희수의 등을 쳐다보지도 못하고 뒤에서 거리를 두고 걸었다.

목욕을 마치고 나서 한결 개운해진 강희수는 휘파람을 불었다. 모든 시름을 강에 부리고 와버린 듯 발걸음이 가벼웠다. 강희수와 강희경이 집 대문을 열고 들어섰을 때 조순재는 소쿠리에 담긴 깻잎을 손질하고 있었다. 강희수는 엊저녁 그 난리가 지나고 나서 처음으로 보게 되는 조순재였다. 강희수는 조순재에게로 다가갔다.

"엄마, 뭐해?"

약삭바른 강희경이 먼저 끼어들었다.

"어, 깻잎 절구려구."

조순재는 고개도 들지 않고 소쿠리에 담긴 깻잎을 주어들었다. 깻잎을 탁탁 털어서는 안쪽으로 길게 뻗은 줄기를 손톱으로 똑 끊어냈다. 그리고는 오른손에 가지런히 포개어 얹은 깻잎 위에 얹었다.

"희경아, 여그 실로 이거 묶어."

조순재는 포갠 깻잎을 말아쥐면서 실을 강희경에게 넘겼다.

실을 건네받은 강희경은 조순재의 손 사이로 깻잎을 돌려 묶었나. 조순재는 이로 실을 물어서 끊고는 곁을 지켜주고 있는 오지독 속에 넣었다. 그리고는 깻잎을 또 쥐었다.

"이거 돈이라면 좋겠다. 한잎 두잎 흔하게 주을 수 있고 포갤 수 있는 돈이라면 좋겠다."

조순재는 깻잎을 한잎 한잎 포개면서 말했다. 저녁 무렵의 어스름 속에서 조순재의 입가에는 서늘한 미소가 어렸다. 그 때까지 조순재는 강희수를 거들떠도 보지 않았다.

"하아, 돈. 오지독은 돈 담는 저금통이구."

강희경은 물개박수를 쳤다.

강희수는 고개를 떨구었다.

"너네 입에 시퍼런 돈잎을 쑤셔넣고 싶구나."

조순재는 한숨을 내쉬면서 반복되는 작업을 이어갔다.

강희수는 조순재에게로 다가섰다.

조순재는 깻잎을 부챗살처럼 펼쳐서 자신의 시야를 차단하고 말했다.

"어, 희수. 니능 동삼에 군대 가라이. 이 땅서 살민서 가슴 한번 뻥 뚫리게 쭝국말 함서 살아야제?"

깻잎으로 가려진 조순재의 얼굴을 강희수는 유심히 들여다보았다. 솜털이 덮여져 있는 엽맥이 손금처럼 뻗어있는 깻잎, 곧고 바른 줄기와 톱날로 안전거리를 확보하려는 듯한 깻잎, 그 깻잎들을 보면서 강희수는 자퇴의 합당한 이유를 만들었다.

돈을 벌자, 였다.

&

강희수는 열 살 때 겨울밤의 어둠 속에서 번뜩이던 강필두의 눈을 기억하고 있었다. 살의에 찬 그 눈길을. 옆집에서 닭을 잡아먹는다고 우리도 닭고기 먹자고 찡찡대던 강희수를 데리고 강필두는 새 잡이에 나섰다. 달도 없는 겨울밤의 얼어붙은 공기 속에서 개털모자를 눌러쓴 강필두의 머리 쪽에서는 흰 김이 씩씩 뿜어져 나왔다. 그 뒤쪽으로는 왕바신을 신고 솜옷과 솜바지를 꿍쳐 입은 강희수가 플래쉬를 비췄다. 뒤뚱뒤뚱하는 강희수의 걸음에 따라서 플래쉬 빛도 어지럽게 흔들렸다. 집 뒤쪽으로 가서 사다리를 찾던 걸 포기하고 강필두가 흙벽을 짚고 쭈크리고 앉았다.

"어깨를 밟고 올라탓."

강희수는 플래쉬를 강필두에게 넘기고 강필두의 어깨에 한쪽 다리를 올렸다. 곰 같은 동복차림이라 한쪽 다리를 마저 올리기에는 너무 힘들었다. 쭈크리고 앉은 강필두의 재촉은 연속 터져나왔다. 강희수는 겨우 두 다리를 어깨에 올리고 강필두의 머리를 두 다리 사이에 끼우고 벽을 잡았다. 강필두가 벽을 잡고 허리를 펴면서 강희수의 머리가 처마 밑에 닿았다.

"거기 보이는 구멍에 빛을 쬐고 손을 집어넣어."

이영을 얹은 사이로 구멍이 나있었다. 강희수가 구멍에 대고 플래쉬를 비추었다. 강희수의 눈동자와 참새의 눈동자가 마주쳤다. 뙤록뙤록하는 참새의 눈알을 보고난 강희수는 플래쉬를 허망 떨궈버렸으며 참새가 후다닥 날아가버렸다.

구멍 바꾸기를 다섯번째에 이르러 강희수의 손에 참새가 쥐어졌다. 이미 강필두의 있는 욕설 없는 욕설 다 먹고 난 강희수는 물불을 가리지 않고 이영 사이 구멍으로 손을 쑥쑥 들이밀었다. 그렇게 해서 잡은 참새는 다섯마리. 참새가 손에 쥐어지는 순간, 강희수는 참새의 몸에서 나는 온기를 느꼈으며 참새의 팔딱거리는 심장이 몸으로 퍼졌다. 몸의 피를 데우는 것이 아니라 피를 차겁게 식히는 것이 새들의 내한법이라고 강필두가 했던 말을 떠올리면서 그 새들의 몸에서 나는 온기와 새털이 주는 안온함을 느끼면서 강희수는 어떤 연민이 생겼다.

집 주위의 처마 밑을 한바퀴 샅샅이 뒤져도 겨우 다섯마리를 잡았다.

"안되겠다. 따라와."

강필두가 대나무 빗자루를 들고 1소대 우사간 옆의 창고로 강희수를 데리고 갔다. 문을 열기 전 강필두가 강희수에게 단단히 그루를 박았다. 겁 먹지 말고 플래쉬를 창고 공간에 정신없이 휘두리기만 하면 된다고 했다. 갑자기 들이닥친 불빛에 새들이 눈이 멀어 방향감을 잃고 날뛴다고, 그렇게만 플래쉬를 무질서하게 냅다 비추라고 했다.

문을 열고 창고에 들어섰다. 창고 안은 먹물 까막통이어서 아무것도 보이지 않았으며 공동묘지의 적막이 흘렀다. 시작! 강필두의 신호가 떨어지자 강희수는 플래쉬를 켜고 휘둘렀다. 창고 공간에서 푸드득, 파닥 소리들이 살아서 일어났다. 굉장한 소란이 일어났다. 쥐들이 방방 사처로 날뛰었으며 참새들이 공중에서 파다닥 날개를 쳤다. 그 서슬에 거미줄이 먼지와 함께 천장에서 벽에서 떨어져 내렸다. 언뜻거리는 플래쉬 빛에 만들어진 그림자들은 더욱 공포스러웠다. 차가운 공간에서 이어지는 소란에 질려버린 강희수는 무서워서 눈을 감아버리고 머리 위로 플래쉬를 강필두의 말대로 냅다 돌렸다.

강필두가 휘두르고 내리치는 대나무 빗자루소리가 씨이익, 퍽퍽 하는 소리도 들렸다. 타다닥 새들이 벽에 머리를 찧는 소리, 투두둑 빗자루에 맞아 떨어져 내리는 새들의 소리에 강희수의 고막은 터져 나갈듯하였다. 강희수의 공포는 고조가 되었으며 선 자리서 빙글빙글 돌며 손에 들려진 플래쉬를 정신없이 휘둘러댔다. 플래쉬 빛이 번뜩이는 공간에서 미친듯이 대나무 빗자루를 휘두르는 강필두의 몸짓, 먼지가 풀썩이고 거미줄이 얼굴로 떨어져 내리는 장면을 훗날이 되어서도 강희수의 기억에 살아남았었다.

그 때의 기억을 떠올리면 모골이 송연한 어느 공포영화의 액션장면처럼 가슴이 벌렁거리기도 하였다. 어둠 속에서 뿐만 아니라 가끔씩 열어둔 창문으로 집안에 들어와서 들어온 곳을 찾지 못하고 유리며 벽에 좌충우돌하면서 머리를 쫓고 할딱거리는 참새들의 무지를 보면서 그 날의 공포를 강희수는 떠올렸다. 강희수는 무작정 뱅글뱅글 돌기만 하여 어지럼증을 느껴서 잠간 정지한 채로 간절히 감았던 두 눈을 뜰 수 밖에 없었다. 강필두의 눈빛이 부딪쳐오는 순간, 강희수는 플래쉬를 떨구고 말았다. 살의에 찬, 서슬이 퍼렇게 갈린 눈빛은 무엇을 베어내려고 낫날처럼 날이 서있었던가. 순수한 분노를 넘어선 증오의 그 눈빛, 세상을 향한 저주의 그 눈빛, 단순한 방어가 아닌 반격의 그 눈빛은 플래쉬 빛 속에서 강희수에게로 비수가 되어 날아들었다.

강희수는 어둠 속에서 복수의 화신으로 변해버린 강필두를 보고 있었다. 다른 집 아버지들보다 약질로만 보였던 강필두가 내밀하게 숨기고 있던 광폭스러움에 강희수는 얼어붙고 말았다. 강희수의 손에서 굴러떨어진 플래쉬는 바닥에서 흔들렸다. 빛의 묶음으로 만들어진 플래쉬의 빛기둥을 타고 바닥에 널려져 있는 새의 주검들이 강희수의 눈을 아프게 찔렀다. 목이 꺾이고 머리가 터지고 부리가 빠지고 눈알이 터지고 날개죽지가 비틀린 새의 주검들이 지저분했다.

강필두는 강희수의 어깨를 툭 치면서 만족스러운 표정을 지어 보였지만 강희수에게 그 웃음은 지금껏 강희수가 보아온 세상에서 가장 추악한 웃음으로 기억되었다. 강필두는 강희수의 손에 플래쉬를 쥐어주고는 새들을 빗자루로 쓸어모았다. 먼지냄새에는 피냄새가 진동했으며 먼지빛에는 핏빛이 어려 번뜩이었다. 강필두는 바닥에 있는 새끼줄을 집어들고는 새끼줄들의 틈 사이를 벌려서 새들의 목을 집어넣었다. 그렇게 새들의 목은 새끼줄의 틈 사이로 끼워져갔다. 고추가 매달리 듯 데룽데룽 주렁주렁.

한마리.

두마리.

세마리.

네마리.

다섯마리.

여섯마리.

일곱마리.

~~

&

 1984년 봄, 강필두가 오리사양부업을 하게 된 것은 강희수가 무심히 던졌던 말 한마디로 비롯되었다. 그 전해의 봄, 옥수수밭이랑 싸움이 있고 나서 강필두는 농사가 아닌 다른 무엇을 해야 된다고 고심하고 있었다.

 1983년 봄의 어느 아침이었다. 강필두는 밭갈이 농기구를 싣고 강희수와 대문을 나섰다.

 땅이 집집마다 나뉘어 지면서 대문이 있게 된 것이다. 길이 되어 있던 이웃 사이의 마당은 울바자로 담장이 만들어지면서 대문이 생긴 것이었다.

 담장은 한번 만들어지면 허물기 어려웠으며 그 담장에 자그마하게 구멍을 낸다는 것은 더욱 어려운 일로 되었다.

 점심찬 보따리를 들고 집에서 나오던 조순재는 담 너머 이웃네의 밭일을 떠나는 소란스런 소리를 들었다.

 대문을 나서는 부자의 뒷모습을 보면서 조순재는 말이 없는 3형제라는 말을 떠올리며 머리를 흔들며 웃었다. 소와 강필두와 강희수. 점심찬 보따리를 소수레 위에 싣고 강희수와 나란히 소수레 뒤

200

를 따랐다. 강필두와 강희수는 서로를 닮아있으면서도 서로를 너무 닮았다는 이유로 서로에게 다가서지 못하는듯하였다. 간혹 거울 속에서 낯선 타인의 모습으로 비쳐진 자신의 모습을 매일 보게 된다는 부담이었을까. 하찮은 일에서 둘은 대적을 하였으며 큰일에서는 서로를 양보하는 타입들이었다. 식성에서는 한치의 에누리도 없이 대적하고 나섰다. 강필두는 진밥, 강희수는 된밥. 그래서 조순재는 언덕밥을 지었다. 솥 안에 쌀을 언덕지게 안쳐서는 손등으로 밥물의 물금을 잘 재면서 진밥과 된밥을 만들었다. 소수레 트럭 위에서 흔들리고 있는 도시락의 밥도 각자의 식성에 맞게 싸여져 있다. 진밥, 된밥, 진된밥.

옥수수밭에 도착하여 보습과 농기구를 부리고 나서 밭을 한바퀴 둘러보고 온 강필두는 황소숨을 몰아쉬며 저 멀리 끝의 밭지경에 대고 소리질렀다.

"왕얼, 이 새끼. 빨리 오지 않어. 쥐새끼 같은 넘. 밭이랑 반도 아니고 통채로 너거들 밭으로 댕겨가. 빨리 오지 못해."

조순재는 왕얼네와 김씨네 사이에 끼어있는 밭고랑수를 세어보았다. 해마다 갈아 엎는 규칙을 어기고 왕얼네가 밭고랑을 더 퍼갔던 것이다. 조순재도 주먹을 쥐며 한판 붙어볼 태세였다.

왕얼이 먼지바람을 일구며 밭고랑을 타고 강필두와 조순재와 가까워져왔다.

"왕얼, 야, 니는 산 사람 코 베어갈라고 그러냐. 이게 뭐야?"

강필두는 다가선 왕얼에게 갈아서 엎어간 밭고랑을 가리켰다.

"이상할 건 없는데. 난 규칙대로 했을 뿐이야."

"뭐야. 동네 사람 불러놓고 판단해보라 해라. 규칙이 뭔지."

"내 땅 내 갈아 엎는데 뭐가 잘못됐는데. 자네가 흑심이면 다 까만가 하잖아. 강선생.”

“야, 왕얼, 흑심? 내가 연필이게? 속 새까만 넘은 니다.”

왕얼은 강필두를 때릴 기세로 가까워져왔다. 옆에 섰던 강희수는 강필두를 뒤로 당겨서 물러 세우고는 왕얼과 마주섰다. 조순재도 팔을 걷어올리며 합세해서 왕얼의 코밑으로 다가갔다. 너 죽고 내 죽고 하는 각오를 하고 나선 조순재였다.

“빈대도 낯짝이 있다고 했다.”

발톱을 세운 암코양이처럼 독을 쓰면서 조순재가 소리쳤다.

“집에 불을 질러서라도 빈대를 없애야 한다.”

뒤로 밀려진 강필두가 기름에 불을 붙였다.

세 얼굴과 한 얼굴의 대결.

불이 당겨지려는 순간, 왕얼의 뒤쪽으로 쑈훙이 헐레벌떡 달려오면서 외쳤다.

“아버지, 오빠가 또 발작을~~”

왕얼네 아들이 밭갈이하다가 밭에서 간질병에 발작한 게 틀림없었다. 쑈훙은 왕얼의 손목을 끌고 가면서도 강희수를 힐끔 곁눈질을 하였다. 쑈훙의 눈빛에는 부끄러워서 죽겠다는 표정이 역력했다.

“벌 받능 거여. 벌.”

멀어져가는 왕씨네 부녀간의 뒷모습을 보면서 조순재가 한마디 던졌다.

“돈도 되지 않는 땅 갖고 씨름하지 말고 다른 부업 하면 안됩니까?”

보습날을 땅에 박으며 강희수는 벗어던지는 옷 같은 말을 강필두에게 툭 던졌다.

보습날에 땅이 갈아 엎어지면서 입을 벌렸다.

−무식하고 외롭고 볼품 없고 제멋대로이고 이기적인 인간들아, 하지만 너희들이 있음은 서로에게, 가족에게, 땅에게도 축복이니라.

&

D진과 강림촌이 소속된 N시 사이의 중간 지점에 위치한 빈의관에서 강필두의 장례식은 끝났다. 강필두가 남긴 유언에 따라 강필두의 골회는 빈의관 굴뚝의 연기와 바람과 함께 허공으로 날려갔다.

D진도 N 시에 있는 강림촌도 자신이 태어난 곳도 강필두는 고향이 아니라고 했다. 강필두에게는 고향이 없었기에 타향이라는 개념이 없었는지도 모른다. 고향이 없다고 고집하는 자체가 고향 콤플렉스로 한생을 허비했다는 말이 되기도 한다.

몇 안되는 문상객들을 일일이 배웅해서 보내고 요양원 원장님과 이태수와 강희경이 국도변에 서있었다.

원장님은 D진 행 버스를 기다렸으며 이태수는 반대쪽 N 시 행 버스를 기다리고 있었다. 강희경은 그 가운데 무력하게 서있었다.

"희경씨, 이걸 받아요."

원장님이 강희경에게 봉투를 내밀었다.

"조의금과 그동안 미국에서 희경씨 오빠가 보내온 남은 생활비 그리고 장례비에서 남은 돈입니다. 내역서도 들어있습니다. 호상이라고는 할 수 없지만 편하게 가셨다고 생각하십시오. 힘내세요."

강희경의 어깨를 다독이며 원장님이 말했다. D진행 버스가 왔고 원장님은 이태수와 악수를 나누고 강희경에게 손을 저어 보이며 버스 안으로 들어갔다.

"희경아, 왔던 김에 강림촌 들르지 않을 거니? 남방에서 한번 걸음하기도 쉽지 않을 건데."

산길을 에돌아 사라져가는 D진행 버스를 멀거니 보면서 이태수가 강희경에게 말했다.

강희경은 묵묵부답이었다. 국도변 건너편의 미끈하게 뻗어올라간 봇나무의 꼭대기를 헤아리려고 머리를 들고 있었다.

"하긴, 강림촌에 가도 반길 사람도 없겠는데."

이태수는 괜한 말을 건네고 난 뒤의 어색함을 수습했다.

"마음 정리가 되면 그 때 강림촌으로 갈게요. 할아버지. 고마웠습니다."

봇나무에서 시선을 거두어들이고 강희경은 이태수에게 허리를 굽혀 인사 드렸다.

"그래, 한번 다시 꼭 보자."

N시행 버스에 올라타면서 이태수는 강희경을 꼭 안아주었다. 강희경은 그동안 참고 있던 눈물을 N 시행 버스가 봇나무 숲길에서 소실점이 되어갈 즈음에 흘렸다.

강희경은 고개를 돌려 흐릿한 시선으로 빈의관의 굴뚝을 바라보았다. 또 다른 생명이 하늘로 날아오르고 있었다.

강희경은 D진의 방향으로 발길을 돌렸다. 걷고 싶었다.

혼자서 걷고 싶었다. 누군가가 곁에 있어주는 게 더 외로울 것 같았다. 친구도 필요 없었다. 한 사람을 더 외롭게 하는 것은 적이 아니라 친구일 수도 있었다. 그래서 경우에 따라서는 개인의 상처는 개인의 상처로 극복될 수 있는 것이었다.

강희경은 흰 봇나무들을 한그루 한그루 세면서 걸었다. 20미터 족히 하늘로 솟구친 봇나무들의 흰 몸통은 뻔뻔스러울 정도로 윤이 나게 건강했다. 건강한 봇나무 사이에는 간혹 허리가 꺾여진 채 삐죽삐죽 몸의 상처를 드러난 그대로 보여주는 애된 봇나무도 있었다. 허리 꺾인 봇나무의 마지막 비명이 지나가고 나서야 처연한 적막을 즐기고 있었다. 그렇게 걷고 걷다가 강희경은 톱질에 잘려나간 봇나무 그루터기에 걸터앉았다.

강희경은 고아라는 말을 얼핏 떠올려 보았다. 그는 이미 오래 전에 고아로 남았다. 대춘이를 만나서 가정이라는 걸 만들면서도 고아라는 고독을 떨칠 수 없었다. 그러니까 대춘과의 이혼과 더불어 대춘이 교통사고로 죽었고 강필두도 죽었기에 강희경은 이젠 온전한 고아로 남게 된 것이었다.

견딜 수 없어도 견뎌야 하는 삶의 하중, 세상의 중심에서 밀려나서 어쩔 수 없이 흔들려야 하는 소외, 어디로 가든 속에 따라붙는 냉기로 얼어붙는 단절, 상실이 이득이 되어 풍요롭게 되는 기억의 아찔함 등등은 혼자의 몫이었다. 고아의 몫이었다. 어쩌면 살아가고 있는 모두가 고아일지도 모른다는 생각을 하기도 하였다.

강희경은 깔고 앉은 봇나무 그루터기를 내려다 보았다. 그루터기는 안쪽으로 썩어들어가서 하늘을 향하여 가운 데가 구멍이 뚫려 있었다. 강희경이 앉은 곳은 그루터기의 테두리였다. 발이 놓여진 밑둥에도 구멍이 나 있었다. 강희경은 일어나서 다시 쪼그리고 앉았다. 그루터기에 뚫린 구멍 안을 한참을 굽어보다가 저도 모르게 두 팔을 벌려 그루터기를 껴안았다. 자신의 텅 빈 마음을 껴안듯이. 봇나무 그루터기가 속에서 뱉어낸 말이 메아리가 되어 울렸다.

-말을 너무 삼키면 속이 썩는다. 속으로 뭉쳐 삼킨 말들이 몸을
썩게 하는구나.

강희경은 강희수가 파출소에 끌려가던 그 날의 공포를 기억하고
있었다.
그런 짓 안했습니다. 쑈홍을 다치지 않았습니다. 하면서 새파랗게
질려 뒤쪽으로 물러서는 강희수, 차겹게 밀고 들어오는 공안일군의
모자채양의 번뜩임, 곧 쓰러져 버리려는 몸을 지탱하면서 강희수를
몸 뒤에 숨기며 공안일군과 대적하는 조순재, 어쩌지도 못하고 기둥
처럼 붙박혀 서있기만 하는 강필두, 집안을 꽉 채우고도 모자라서
출입문과 창문으로 모여있는 동네 사람들의 얼굴들. 이 모든 걸 공
포 속에서 두리번거리며 구석으로 뒷걸음치는 강희경. 열네살 상희
경의 머리속에는 강간이라는 알듯 말듯한 단어가 맴돌았다. 강간을
단지 남자의 몸이 여자의 몸에 가해지는 폭력적인 겁탈이라는 것 쯤
의 상식으로 알고 있었지만 어떻게 어떤 방식으로 진행이 되는 범죄
일까 하는 호기심도 품고 있었다.
강희경의 머릿속에는 2년 전 논두렁에 엎드려 강희수의 전라의
몸을 훔쳐보며 들썩이던 쑈홍의 어깨가 스쳐갔다. "아니예요. 오빠
가 한 짓이 아닙니다. 쑈홍이 오빠를 넘본 겁니다." 하는 말이 목구
멍까지 올라왔지만 미처 내뱉지 못한 채 마른침과 함께 삼켜져버렸
다. 삼켰으나 넘어가지는 못하고 목구멍 안에 머물러 있는 생선의
가시처럼 찌르는, 가시에 체한 아픔을 강희경은 감내해야 했다.
강희경은 무서웠다. 공안일군이 꺼내든 쑈홍의 나비머리핀, 강희

수의 고기발 초막에서 수색된 나비머리핀을 보면서 강희경은 무서웠다. 그토록 아름답고 눈부신 조그마한 큐빅이 박힌 나비머리핀이 멀쩡한 사람을 범죄자로 몰고 간다는 것에 강희경은 몸서리를 쳤다. 피해자 쑈홍은 인정을 했고 물증과 사건현장도 확보된 완벽한 범죄라고 공안일군이 말했다.

팽팽한 집안 분위기를 풀리게 한 것은 "불이야." 하는 외침이었다. 동네 누구네 집에 루전으로 불이 붙었단다. 마당과 집안에 몰려 있던 동네사람들은 일제히 화재현장으로 뛰어갔다. 구경군들이 빠져나간 마당으로 강희수는 끌려 지프차에 떠밀려 올라갔다. 파출소 지프차의 배기구멍이 내뿜었던 그 기름냄새는 기억의 구석구석에 슴배어 들어가 강희경의 기억들을 풍성하게 했다. 강희경에게 냄새가 주는 그 기억은 세련된 폭력이었으며 우아한 폭력이며 정의로울 정도의 뻔뻔한 폭력이었다.

구경에 바쁜 동네사람들의 관심은 화재현장으로 쏠렸으며 강희수의 사건은 화재사고로 덮여져 버렸다. 때로 너무나 무거운 사건은 돌발사고 앞에서 뉴스가 될 수 없는 법이었다.

강희수가 파출소로 끌려간 이틀 후에 밝혀진 사실은 강희경을 더 큰 충격으로 내몰았다. 물증인 나비머리핀을 제공한 자는 나분이라는 것을. 그러니까 범죄 물증이 발견된 범죄현장을 제공한 자도 나분이라는 것을.

강희경은 충격으로 앓아누웠다. 강희경은 옷보따리 속에 숨겨둔 나비머리핀을 생각하고 있었다. 방앗간집 소년이 나분에게 전해달라며 강희경에게 주었던 그 나비머리핀의 존재로 강희경은 오한으로 떨었다. 강희경은 그것을 갖고 싶었고 그것만은 나분에게 줄 수 없었다. 많을 걸 갖고 있는 나분에게는 그것의 있고 없음에 큰 차이가 없을 것이라고 생각했으며 그래서 그것은 방앗간집 소년이 자신 강희경에게 선물한 것이라고 나분에게 자랑할 수 있었다.

비 내리는 고기발 초막에서 나분에게 자랑했던 그 뻔뻔함으로 진저리를 쳤다. 그러니까 강희경의 질투와 나분의 질투 사이에서 벌어진 억울한 강희수 사건, 이 모든 걸 강희경은 이날 이 때까지 스스로 가슴속에 삼켜서 품고 있었다.

강희경은 봇나무 그루터기를 껴안고 얼굴을 그루터기 뚫려진 구멍에 들이밀었다. 좀 먹어가는 나무의 냄새와 축축하고 찌린 땅의 기운이 콧구멍으로 몰입해들었다. 강희경은 어둠 속에서 눈을 크게 떴다. 어둠 속에서 수백마리의 오리들의 뻐드러진 낭자한 죽음의 현장과 조순재의 목을 졸랐던 밧줄이 클로즈업으로 나타났다. 강희경은 눈을 감지 않았다. 떠오르는 대로, 보여지는 대로 모든 기억들을 온전히 받아들이기로 하였다.

30년 전,

그 나비머리핀을 나분에게 곧바로 전했다면 모든 게 달라졌을 것이다.

나분과 그 소년은 결혼을 했을 수도.

강희수는 감옥으로 가지 않았을 것이며 원양어선에도 가지 않았을 것이며 미국으로도 가지 않았을 수도. 조순재도 자살을 하지 않았을 수도.

강필두와 강희경은 강림촌에서 야반도주하지 않았을 수도.

강필두도 타지에서 쓸쓸한 죽음을 하지 않았을 수도.

강희경은 삶에 따르는 우연과 삶의 가능성을 재고 있었다. 우연이라는 사소하고 하찮은 존재들이 삶을 무자비하게 흔들어 버렸으며 가능성이라는 일말의 기대조차도 매장해버렸다. 어쩌면 우연은 필연의 또 다른 형태의 존재였는지도 몰랐다.

휴대폰 벨소리가 가방에서 울렸다. 강희경은 땅에 주저앉은 채 휴대폰을 꺼냈다. 강희수의 미국의 전화번호가 떠있었다.

"희경, 괜찮아?"

강희수는 강필두의 장례를 언급하지 않았다.

"~~"

"잊고 살어. 다 잊고 살자."

강희수의 무가내하면서 짧고 낮은 목소리가 강희경의 귓전에서 울렸다.

"오빠, 보구 싶어요."

강희경은 끝내는 외로움을 견디지 못하고 강희수에게 나직이 말했다.

"니 마음 다 알 수는 없지만 미안하구나. 희경."

강희수의 목소리는 떨렸다.

"용서라는 건 일방적으로 이루어지는 게 아니겠지요? 오빠."

강희경은 강희수에게 미안하다고 말하고 싶었다.

"용서. 용서라고 이름이 붙여지는 순간부터 용서는 용서로 남아 있는 거겠지."

강희수가 말했다.

"그렇겠지요?"

강희경이 말했다.

"하지만 용서는 개인의 것만은 아니기도 할 것 같아. 세월이 인간에게 해야 될 용서도 있지. 세월이 인간에게 구할 수 없는 용서의 그 아픔을 우리는 속수무책이 되어 어찌됐든 견뎌야 하는 것이 아니겠나? 쉽지 않은 세상은 버티라고 생겨난 것일지도 몰라."

강희수의 말들은 오가는 버스와 트럭들이 무책임하게 만들어낸 소음과 먼지와 기름냄새에 실려 아득하게 봇나무 숲길로 멀어져갔다.

　강희경은 휴대폰을 가방에 넣으면서 휴대용 스테인리스 보온물병을 보았다. 뚜껑을 돌려 열고 뚜껑에 더운 물을 따랐다. 뚜껑을 그루터기 위에 엎고는 커피봉투와 프림봉투를 꺼냈다. 커피봉투를 찢어서 더운 물에 커피가루를 떨꾸어 넣고 휘저었다. 커피 거품이 일었다. 커피 거품이 잔의 가운 데로 올라왔다. 맑은 날씨를 기대할 수 있었다. 커피거품으로 날씨를 구별하는 지혜를 강희경은 알고 있었다. 프림을 타기 전 커피 거품이 잔 가장자리를 향해 떠오르면 저기압이 흘러서 흐린 날씨라는 것을. 강희경은 잔 가운 데로 떠오르는 커피 거품에 프림을 뿌렸다.

&

강필두가 누워서 죽어간 침대 매트 밑에는 나무로 깎아 만든 나비가 깔려 있었다.

목제 나비는 날개를 부채처럼 펼쳤음에도 날 수 없었다.

날개에는 촘촘한 나비무늬까지 그려져 있었다.

평면으로 책갈피에 끼워둔 나비표본처럼 얇고 가벼워 보였다.

치매증상이 거쳐가고 나면 강필두는 요양원 뜰 안에서 볕쪼임을 하면서 목제 나비를 손바닥에 오래도록 받쳐들고 있군 하였다.

목제 나비의 환생을 바라는 듯 강필두는 노곤한 오후 세시의 여름 햇볕에 나비의 몸을 말려주었다.

강필두가 D진의 목공소에서 날품팔이하면서 깎아 만든 나비는 강필두에게 할당된 짧고 구체적인 시간들을 고요하게 나누어 가지고 있었다.

그 고요한 시간을 희경이는 나누어 가지고 싶었다. 강필두의 시간을 나누어 가진 목재나비에 손을 얹어본다. 그 찰나, 화를 막아준다는 벼락 맞은 대추나무로 깎아 만든 나비가 파랗게 피어오르며 하늘로 날아오르는 것을 희경이는 얼핏 본 것 같았다. 가슴속에 오랫동

안 묵었던 쳇중이 한오리 바람으로 새어나가는 소리와 함께 멀어져
가는 것을

나비야

모르포나비야

모르포나비

초판 1쇄 발행 2024년 3월 20일

지은이 : 조원

편집 : 강희선

표지디자인 : 강희선

그림 : 김려홍

펴낸 곳 : 쓰인출판사

주소 : 서울시 서초구 동광로49길 35

이메일 : jxs1969@naver.com

ISBN : 979-11-987060-1-0